U0500696

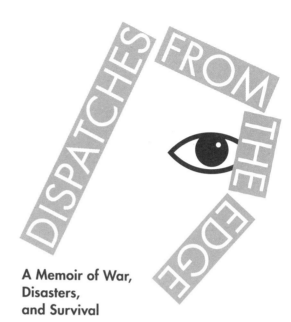

A Memoir of War,
Disasters,
and Survival

Anderson
Cooper

夏高娃 译

[美] 安德森·库珀 著

边缘信使

北京联合出版公司
Beijing United Publishing Co.,Ltd.

To my mom and dad,
and the spark of recognition
that brought them together.

献给我的父亲和母亲，
以及让他们走到一起的因缘之火。

哥哥和我，大约拍摄于 1969 年。当我还在妈妈的肚子里的时候，哥哥就给我起了个"小小拿破仑"的绰号。可是，在我们童年的作战游戏中，他才是毋庸置疑的领袖。

←我的这张照片是父亲怀亚特·库珀拍摄的。我当时差不多八岁。

↑摄于 1976 年，在一次前往密西西比州奎特曼的旅途中。父亲希望我们用心体会并理解这片我们的祖辈扎根的土地。

← 1963 年的父亲，那时他刚刚与我的母亲相遇。在我还是个孩子的时候，我从来不觉得自己和父亲有什么相似之处；而现在，当我看着父亲的照片时，我看到的是自己的面孔。

↑ 十六岁的卡特。父亲去世后，我们两个分别缩回了自己的内心世界，再也没有敞开心扉交流过。

←摄于 1986 年圣诞节：我的母亲葛洛莉娅·范德比尔特、卡特和我。

↑与扎伊尔（现刚果民主共和国）一位侏儒酋长的合照，1985 年。我当时十七岁，提前一个学期结束了高中的学业。对那时的我来说，非洲是个适合遗忘和被遗忘的地方。

↑ 1993 年，刚刚在波斯尼亚的萨拉热窝机场降落。照片上的我第一次穿上了"凯夫拉"防弹背心，戴着头盔。不过，几天之后，我就几乎不穿戴它们了。

↗ 2005 年 1 月，在斯里兰卡的一个医院太平间里寻找两个孩子——吉南达莉和苏内拉的遗体。

→ 2005 年 1 月，在斯里兰卡一家已经毁坏的滨海旅馆中工作。天花板上还悬挂着圣诞节的装饰。

2005 年 1 月，在斯里兰卡的卡姆布鲁加姆瓦附近的沙滩上。两个小僧侣。

← 2005 年夏天，尼日尔的马拉迪。三百五十万尼日尔人正面临着饥荒的威胁。这些孩子是少数免受营养不良之苦的幸运儿。

↑ 在马拉迪的酒店房间里写稿。当时我们夜以继日地工作：整个白天都在拍摄，晚上编辑视频、撰写稿件直到深夜。

2005 年 9 月，在新奥尔良一条被洪水
冲过的高速公路上进行现场直播。

2005 年 9 月,得克萨斯州的博蒙特。飓风"丽
塔"正在登陆。

目录

在夜晚，

炮弹呼啸着穿过丛林，

丛林也同样呼啸以对。

……

我听到一滴水落下的声响。

那是全伦敦唯一能听见的声音。

两瓶桃子罐头被玻璃碎片击穿，

汁水从货架上慢慢地滴在地上。

——

爱德华·R.默罗

（1908—1965）

INTRODUCTION

前言

父亲过世那年我十岁，那沉默的打击重启了我人生的时钟。至于在那之前的事情，我已经记不起来多少了，只有一些碎片，如同尖锐的碎玻璃一样散落在我的记忆中。我记得，我床边的桌子上放着一台旧地球仪，那时候的我五六岁吧。那是母亲送给我的礼物，她是从《走出非洲》的作者伊萨克·迪内森①那里得到它的。

　　我睡不着的时候就会摆弄那台地球仪，在黑暗中摸索板块的轮廓。一个个深夜里，我小小的手指时而漫步在珠穆朗玛峰的山脊，时而奋力攀登乞力马扎罗山的高峰。我指尖下的航船不知多少次绕过非洲之角，又不知多少次在好望角触礁沉没。这台地球仪上标记的许多国家的名字如今早已不复存在，比如坦噶尼喀、暹罗、比属刚果和锡兰。我曾经梦想着到所有这些地方游历一番。

　　当时的我根本不知道伊萨克·迪内森是谁，但在母亲的卧室里看到过装在精致的金色相框里的她的照片，照片上她的面

---

① 伊萨克·迪内森（Isak Dinesen，1885—1962），丹麦著名女作家。

孔隐藏在猎人帽的阴影下，身边蹲着一只阿富汗猎犬。对我来说，她不过是我母亲过往认识的诸多神秘人物中的一个。

我的母亲名叫葛洛莉娅·范德比尔特。早在我进入新闻业之前，她就已经登上了各大报纸的头条。1924年，母亲出生于一个极其富有的家族，却在幼年便体验了家庭的不幸。她的父亲在她只有十五个月大时就去世了，她不得不在之后的岁月里往来于各大洲，而她的母亲总是躲在她看不到的房间里，忙着筹备市中心的晚宴与派对。十岁那年，我的母亲成了一场备受舆论关注的抚养权纠纷的中心，她富有权势的姑姑格特鲁德·范德比尔特·惠特尼成功地向纽约的法庭证明，她的母亲不具有抚养孩子的资格。那时正是大萧条时期，这场官司立刻成了各路小报关注的焦点。法庭的判决把她从她的母亲和她深爱着的爱尔兰保姆身边带走，带到了姑姑惠特尼身边，而后者很快把她送进了寄宿学校。

当然，在我的哥哥和我还是孩子的时候，我们对这一切一无所知。但我们有时能在母亲的脸上看到异样的神情，看到她微微扩张的瞳孔以及其中的隐痛与恐惧。我并不知道那意味着什么，直到父亲去世，我才发现镜子中的自己用同样的目光对我报以凝视。

作为一个看着地球仪长大的孩子，我像绝大多数人一样相信地球是圆的。我相信它像一块经历过千年风霜的石头，被演化与变革磨平了棱角，被时光与空间打磨得浑圆。我以为所有国度、海洋、河流与峡谷都早已被地图记录下来，都有名字，并且都被前人探索过。可事实并非如此，这个世界不论是形状、体积还是在宇宙中的位置都处于永无止境的变迁中。它有着不计其数的边缘与裂缝，它们打开、闭合，又在其他地点重新出现。地理学家们可以在地图上描绘出这个星球的板块构造——那些深藏地下、彼此挤压的岩层，它们形成山脉，造就大陆——那道只存在于我们的脑海中的界限，那把我们的心灵彼此分割的断层，却是他们无法勾勒的。

世界的版图永远处于变化中，有时，短短一夜便足以发生剧变。它来得就像一眨眼，像轻扣一次扳机，像一阵突如其来的狂风，醒来则命悬一线，睡去便在梦中被吞噬。

没有人愿意相信生命是如此不堪一击，2005年发生的一切却在不断地提醒我们翻天覆地的变化来得多么猝不及防。这一年以一场海啸开始，以卡特里娜飓风结束，其中还有战争、饥馑以及其他种种天灾人祸。

作为CNN①的通讯员与新闻主播，我2005年的绝大多数时间都是在报道前线中度过的，在斯里兰卡、新奥尔良、非洲与伊拉克。我将在本书中讲述自己见证与体验过的事件、在久已被忘怀的年代目睹过的冲突与造访过的国家，以及这

① Cable News Network的简称，即美国有线电视新闻网。

些经历告诉我的一切。

多年以来，我一直试图把自己的生活与我所报道的世界分割开来，尽量离那个世界越远越好。可是，直到今年，我才发现这是根本不可能的。当我置身于悲剧中时，那些早已被遗忘的感受与记忆的碎片如潮水般向我涌来，我终于明白，这一切是交织在一起的：我的过去和现在、我的职业生涯与个人生活，它们无休无止地交替往复。每个人都被同样的基因链连接在一起。

我做了十五年记者，报道过世界上最恶劣的一些事件：在索马里、卢旺达、波斯尼亚和伊拉克。我见证过的死亡不计其数，我目睹过的仇恨与恐惧甚至难以一一铭记。即便如此，我依然会对自己在地球另一端发现的事情感到震惊——那些扯去了一切伪装、暴露于阳光下的事情，它们鲜活而刺眼，像渔夫码头上刚刚被开膛破肚的鲨鱼。可是，你走得越远，回头就越难。这个世界上有太多的边缘，一不小心便会坠落下去。

在我的父亲去世一周后，我看了一部雅克·库斯托[①]的老纪录片。这部纪录片是讲鲨鱼的。我看了纪录片才知道，鲨鱼必须一刻不停地游才能活下去，因为它们只有这样才能呼吸。它们只有不断奋力向前，才能让水流源源不断地通过它们的鳃。那时的我梦想成为库斯托那些戴着红色软帽的水手的一员，像他们一样住在"卡里普索"号上。我幻想自己与

---

① 雅克·库斯托（1910—1997），法国海军军官、探险家、生态学家、摄影家、电影制片人，法兰西学院院士。

大白鲨同游，轻轻地用一只手触摸它钢铁般的银灰色皮肤包裹着的身体。我儿时总是梦到大白鲨安静地在漆黑的深海中摆动着灵活的流线型躯体游弋，永不停歇。时至今日，它偶尔还会出现在我的梦中。

我有时相信，让我活下去的也正是一刻不停的运动与奔波：我急匆匆地飞跃大洋，从一场冲突奔向另一场冲突，从一次灾难冲向另一次灾难。我一落地就立刻开始向前奔跑：呼啸而行的卡车，拍个不停的摄像机——就像一个在伊拉克服役的士兵对我说的一样，"子弹上膛，时刻待命"。那种感觉无可比拟。你的卡车尖啸着紧急刹车，你从车上跳下来，肩膀上扛着摄像机，逆着人流冲向所有人都想逃离的地方，想着也许摄像机多多少少能保护你，就算它不能，你也根本不会在意。这一刻你只想拍摄、感受，投身其中。有时，那些画面简直像是自动拍摄的，正如你自然而然、一步接着一步地行动。继续前进，保持冷静，活下去，努力把空气吸进肺部，把氧气挤压进血液。继续前进，保持冷静，活下去。

我并不是总能产生这样的感觉。我二十四岁开始做新闻报道，那时的我单打独斗，只有一台家用录像机和一本假的记者证，并且完全不介意在非洲脏兮兮的小旅馆里等上好几个星期。我想做战地记者，却到处都找不到工作。我在内罗毕时住进了"大使"旅馆，它和希尔顿酒店只隔了一条马路，却好像完全不在同一个世界。白天，这座二层小楼里回荡着福音派基督徒的歌声——"耶稣啊，上帝多伟大，多伟大"，外面的大街上站着一个双手装着亮闪闪的铁钩的男人，他一面狂热地挥舞着一对惨白的塑料假肢手臂，一面尖声高喊着《旧约》里的段落。到了晚上，旅馆的酒吧开始营业，穿着红色外套的侍者们满头大汗地端着大杯的"塔斯克"牌啤酒，在黑皮肤的生意人和身穿亮闪闪的翠绿色裙子的妓女们之间穿梭不息。而迷茫的我孤身一人，每天严格地按照固定的时间点行动：正午十二点吃午餐，傍晚六点吃晚餐。日子一周周地过去，我就这么等着。

—— 一切在我二十五岁那年出现转机，我有了工作，拿到了一份薪水。有人付钱让我奔往战场了。我花了差不多一年的时间在艰苦的条件下旅行、拍摄、报道，但我终于成了驻外记者。然而，我见得越多，就越想去见证更多。我试着回到洛杉矶冷静下来，但我想念那种感觉、那种忙碌。我为此去看心理医生。他告诉我，我应该放慢节奏，休息一阵子。我点点头，离开诊所，马上订了一张出国的机票。我似乎永远不可能停下来。

在海外工作，在前线穿行，我能感受到身边的空气在震颤，感受到质子和中子碰撞着穿过我的身体。在那里，生与死之间并没有界限，只有向前轻轻踏出的一小步。我不是那种我在第三世界的死胡同里经常能遇到的肾上腺素飙升的牛仔，我想要的不是上镜，也不是什么机遇。我不会让风险阻拦我的脚步，也没有我不敢涉足的地方。

回家就意味着落地，对我来说，也许在空中飘着更轻松。回到家里，等待我的是一沓沓的账单和空荡荡的冰箱。去超市买东西，我会完全迷失——通道太多了，选择也太多了。冰冷的水雾吹拂着新鲜的水果，要塑料袋还是纸袋？要不要现金找零？我想要情感，这里却找不到，所以，我只好重新动起来。

　　晚上出去玩也是一样的，在车流人海中穿梭，到处找乐子，我也只会感觉自己迷失在人群中。一群女孩一边喝着水果颜色的饮料，一边谈着化妆品和电影，我看见她们的嘴唇在动，看见她们灿烂的笑容和挑染的头发，我不知该说些什么，我会低头看着自己的靴子，然后看到上面的血迹。我离家越频繁，这种状况就越严重。有时，我回到家里，甚至感觉自己连话都不会说了。在我工作的那些地方，伤痛是可以被感知的，你在空气中都能嗅到它的存在。可是，回到这里，没有人会谈论生死之类的事，没有人会明白。我会去看看电影，见见朋友，只是，待不了几天，我就会重新开始看航班时刻表，考虑下一站该去哪里：发生了炸弹袭击的阿富汗，还是遭遇洪水的海地？我就像一条掠食的鲨鱼，永无止境地在海水中巡游，寻觅着鲜血的气息。

　　最近，我又在探索频道看了一部关于鲨鱼的纪录片。片中介绍，科学家们发现了一种深海鲨鱼，它不需要一直游动也能生存，趴着不动也可以呼吸。这在我看来简直难以置信。

TSUNAMI: WASHED AWAY

海啸：洗劫一空

小小的波浪一个接一个轻轻地拍击着海岸。两个斯里兰卡村民沿海边走着，搜寻被浪潮冲上来的尸体。他们每天早上都来，却无法带着答案离开。有时他们一无所获，而今天被冲上来的只有一只破烂的鞋子和一截碎裂的篱笆。

我站在一堆碎石上，脚下的地面似乎在扭曲地翻腾着。我花了一小会儿来让眼睛适应，才看清楚根本不是地面在动，而是蛆虫，是密密麻麻地挤在一起的上千条蛆虫。它们正蠕动着大啖身下我看不到的血肉。附近，一条耷拉着松垮的乳房、脸上沾满血迹的狗搜寻着可填肚子的残渣。它小心翼翼地踏过散落的砖块、游客快照和瓷盘——巨浪来袭之前的生活的沉渣与残骸。

隐秘的移动，微小的推挤，那种压力是在几个世纪的时间中逐渐形成的。很久以前，在斯里兰卡以东一千英里外，两块淹没在印度洋海平面十五英里下的巨大岩层——两块地质板块彼此挤压着，科学家口中的印度板块的边缘开始逐渐向缅甸板块下方推进。一切终将爆发。2004年圣诞节后的清晨，上午八点前一分钟，板块挤压的力量在距苏门答腊岛西海岸一百英里远的地方爆发，在岩层上撕开了一条超过七百英里长的断裂带，震动释放的能量把岩石与沉积物抛到了至少五十英尺高，连地球的运转都因这次强力的爆发而发生了改变。这是人类有史以来见证的最严重的地震之一。

冲击波向着各个方向蔓延，搅动着上百万吨海水，在海平面以下推起了巨浪。一场海啸。一艘漂浮在海面上的小船可能不会发现任何异样，顶多能留意到几个不超过两英尺高的小波动。然而，在目力无法企及的水下，搅动着的海水早已筑成从海底直到海面的高墙，势不可当地向前推进着。海水移动得很快，一小时五百英里——商用喷气式飞机的速度。

地震发生后，声波信号用了八分钟才到达夏威夷的太平洋海啸预警中心。地震仪细小的指针突然跳动起来，剧烈地来回滑动，发出警报。可是太迟了。八分钟后，大约上午八点十五分，第一阵水墙般的巨浪肆虐了苏门答腊岛上的班达亚齐沿岸。在接下来的两个小时内，这场海啸的怒涛还将波及另外十个国家，超过二十万人即将丧生。

纽约的2005年以一场暴风雪开始：一场由光线和彩纸屑汇成的风暴。午夜时分，我站在时代广场中心的一个平台上，离地有差不多六十英尺高，而在平台下的街道上，包围着我的是熙熙攘攘的人群——成千上万的狂欢者在警察设置的围栏外挤成一团。人们在欢呼。我能看到他们张开嘴巴，看到他们在空中挥舞手臂，但我听不到他们的声音。我的两个耳朵里都塞着无线耳机，我用它们和几个街区外的控制室保持联系。我能听到的只有卫星信号发出的"嘶嘶"声，还有耳道内的血液细微的脉动。

用这种方式进入2005年有一些奇怪。我们那一周都在全方位报道海啸的消息，每天都会带来新的细节、新的恐怖。一度有过关于取消新年庆典的讨论，可到了最后，人们决定让演出继续。

我一直很讨厌过新年。在我十岁那年，我和哥哥一起躺在房间的地上看着电视里的人群在时代广场上倒数1977年的最后几秒，而我的父亲在纽约医院的重症监护室里。他经历了一系列严重的心脏病发作，必须在几天后接受心脏搭桥手术。哥哥和我很害怕，又因为恐惧而不敢提起这件事。我们只是静静地看着电视，一言不发地盯着屏幕里那个巨大的水晶球缓缓下降。一切看起来太可怕了：尖叫的人群，寒冷的空气，不知道父亲能不能活过新年。

我在纽约长大，可是，在我自愿为CNN报道新年倒数之前，我从来没有去现场看过那个水晶球落下。对于绝大多数纽约居民来说，在新年之夜跑到时代广场附近简直是难以置信的事。这就像在绿苑酒廊①吃饭一样，那里的东西没准儿确实很好吃，不过还是留给外地人更好。

我一直觉得，纽约的新年之夜证明了人类永远是乐观的动物。哪怕几百年来有过那么多糟糕到可悲的派对，以及比派对本身还糟糕的宿醉，我们也会抓着那种那天晚上或许能玩得开心的念头不放。不可能的。那里只有太多的压力、太多的期待以及完全不够多的厕所。

事实上，我自愿报道纽约的新年倒数主要是为了避免社交。这是我第二次报道时代广场上的节日庆典，而我其实已经有点儿喜欢上这件差事了。在这样一座城市里，让人感觉自己是什么群体的一分子并不容易。我们每天都在街道上穿行，就像一个个独立运行的原子，虽然彼此不时相遇，但绝少联合起来组成一个整体。可是，在时代广场上，当那个水晶球降下而人群爆发出欢呼时，纽约就变成了一个完全不一样的地方，一个只有单纯的感受的地方。

午夜降临，广场上的空气似乎都凝结成了实体，就连旋风般飞扬的彩纸屑似乎都悬停在半空中。在那几分钟的时间里，我什么都不需要说，画面本身就已经足够。摄像机摇过街道，拍摄着远景和特写，高声欢叫的人群唱着歌。我取下耳机，感受声浪的包围。身边的空气似乎在微微地颤动，有

---

① 纽约中央公园里的一家著名餐厅。

16

那么一小会儿，我感觉自己成了某种庞大存在的一部分，人群也不再让我感觉迷失。我浮沉其中，情感、能量和欢乐的喧闹如同牵着我上浮的浮标。这一切越过了我的防线，它远比我历经波折才建立起来的玩世不恭要强大。我的过去在这一刻让位于当下——那些机会，那些可能，我听任自己沉浸其中。

这并没有持续太久。十二点半左右，一切都结束了。我感谢观众的收看，然后直播结束了，灯光纷纷熄灭。人群早已逐渐散开，在疲惫的警察的催促下纷纷离去，清洁工大军开始打扫残局。我跟摄像师和工作人员握手，祝愿每个人新年快乐。这种时候的笑容和玩笑都出自真心。我们不时停下来勾肩搭背地拍照——留下一张张日后我再也不会看到的快照。几分钟后，我一个人走在回家的路上。我今天要坐飞机去斯里兰卡，航班一早就起飞，而我还没打包行李。睡觉已经没有意义了。

在二十世纪九十年代初，当我刚开始做报道的时候，奔赴海外之前的准备总是让我焦虑不已。把行李打包装好，坐在飞机座椅上，深深地呼吸着舱内的循环空气以及自己的期盼，那感觉就像飘浮在太空中的宇航员——无拘无束，也无牵无挂。我甚至愿意切断我和家乡之间依旧存在的每一丝联系，不管它们多么微小、纤细。我一度以为这些焦虑情绪只是某种过程的一部分——某种我逐渐接近边缘时必须经历的变化。实际上，那是一种警告信号，而我用了几年的时间才明白这一点。

我在黎明时分登上了飞机，那是所有去斯里兰卡的航班里最早的一班。当我坐下的时候，空乘提醒我，我的头发里还留着庆典上的彩纸屑。

有时我会怀疑自己到底是不是生下来就注定要成为的那种人，怀疑我现在的生活是不是它应有的模样，或者它只是某种人生残损的一半，因失去而破碎、扭曲，又被求生的意志笨拙地填补完整。

我的父亲名叫怀亚特·库珀。他出生于密西西比州的奎特曼——一个在大萧条时期严重受创的小城，大萧条在他出生两年后开始。他家很穷，他的父亲是个农民，据说还不是个很勤劳的农民。

我的父亲是个天生的讲故事高手。在他还是个孩子的时候，每当牧师临时不在城里，人们总是叫他去奎特曼的教堂布道。

父亲从小就想做演员，但是，在大萧条时期的奎特曼，这看起来完全是一个不切实际的目标。

"听我的话，小子，我会让你当上这个国家最年轻的州长！"祖父总会这样怒斥父亲。可是父亲对祖父这种牵强附会的政治规划完全没有兴趣。

每当手里攒下一点儿钱，父亲都会搭车进城去美琪剧院看电影，那是奎特曼城唯一的剧院。那里会放《费城故事》或者《乱世佳人》这样的电影。新片顶多放映一两天，父亲尽量每部都看，并把每张票根小心地夹在剪贴本里。

　　他最终离开了密西西比州，以演员的身份在意大利和好莱坞工作。他演过舞台剧，在电视剧里演过几个小角色，还拍过香烟广告，但他的表演事业从未真正起飞过。反倒是二十世纪福克斯旗下的编剧工作给他带来了更多成就。

　　我的父母是在一场晚宴上认识的。他们两人的背景差异简直不能更大了。彼时我的父亲从未结过婚，家里有一大帮兄弟姐妹以及一个他深爱着的母亲；而我的母亲是一个和生母异常疏远的独生女，此时刚刚和导演西德尼·吕美特离婚，结束了自己的第三段婚姻。然而，他们在彼此身上看到了某种共性——对家庭和归属感的渴望。"他的眼睛很特别。"母亲后来这么对我说过，"我们来自不同的世界，但没有人能比他更理解我。"他们在1964年圣诞节之前结了婚，一年后，我的哥哥卡特出生了。我在哥哥出生的两年后来到人世。

　　我的母亲是一位天赋卓越的艺术家，在我很小的时候，她开始从事家居设计，又很快进军时尚领域，打造了一条非常成功的设计牛仔装及香水产品线。那时，我的父亲在为杂志撰稿，同时写着一本自己的书。他一般在家写作，有时会一直工作到深夜。每当睡不着的时候，我就会走进他的书房，像小狗一样蜷缩在他的大腿上，双臂抱住他的脖子，把耳朵贴在他的胸膛上。我总是能听着父亲的心跳安然入睡。

　　我在去斯里兰卡的航班上睡不着。海啸已经过去差不多一周了，我担心自己错过了一个好故事——尸体和葬礼，还有那些瞬间蕴含的情感。我像一个焦躁的新兵，一心想着战争会不会在自己上阵前就宣告终结，我想要在事件发生的第一时间赶到那里。我总是这样，总是寻找着状况最糟的地方，再一头扎进去。这听起来一定很奇怪，甚至有些残忍，可事实就是这样。我想要赶到那样的地方，想要见证那些事情。但是，我一旦到达现场，很快就会感觉完全看够了。

　　在飞机上，空乘问一个斯里兰卡籍的乘客是否舒服。

　　"我家里刚死了三个人。"乘客答道。

　　"哦，那真是太不幸了。"空乘说，稍微停了片刻，"那您不考虑机上免税商品了？"

　　我原以为科伦坡机场会是一片繁忙的景象，应该有大量的救援力量向这里赶来。然而，斯里兰卡主要机场的情况并非如此，甚至连明显的迹象都没有。没有 C-130 运输机降下装满饮用水和药物的装载托盘，没有排成长队来运救济品的卡车。有几个红十字会的工作人员在机场等待同事到达，但除此之外，似乎并没有灾难发生过的其他迹象。

　　我们从科伦坡出发一路向南，车开得越远，所见的受灾情况就越糟糕。没有大型挖掘设备，推土机也很少。在我们驾车穿过的每个海边城镇里，都有村民徒手在瓦砾堆里挖掘，或者使用粗糙的工具修理被巨浪打碎的渔船。

斯里兰卡已有三万五千人丧生，他们的遗体已经被找到。此外，还有五千人至今下落不明。

CNN的技术人员在一家滨海酒店的遗迹上搭建了卫星天线，酒店大堂的天花板上还挂着圣诞节的装饰："佳节愉快！""新年快乐！"

在接下来的两周里，我们每天黎明时分在酒店的废墟中直播。然后，我的制作人查理·摩尔、摄像师菲尔·利特尔顿和我会跳上车子出发，沿着海岸寻找值得报道的故事。我们夜以继日地工作，整个白天用来拍摄，晚上绝大部分时间都在剪辑和撰稿。每篇报道都大同小异：难以估量的损失，难以言表的伤痛。

我们在斯里兰卡见证的最残酷的惨状发生在前往加勒^①的主路上。当海啸来袭时，一辆坐满上千名乘客的旧火车被冲下轨道，至少九百名乘客在事故中丧生。在之后的几天中，人们无法移动被海浪挤压成一堆废铁的车厢，因此，没有办法把困在残骸中的遗体转移出来。不过，在我们到达的时

---

① 斯里兰卡南部港口城市。

候，绝大多数遇难者的尸体已经被取出，只有一部分还被压在车厢下面，浸泡在使地面泥泞不堪的海水汇成的水洼里。

荷兰志愿者带来的两条工作犬在废墟中搜寻着。这是两条训练有素的寻尸犬，专门用于搜寻遗体。然而，它们此时十分迷茫：这里的气味太多了，它们很难保持专注。

"不管我们在哪里搜索，都能找到尸体。"一个驯犬师这样告诉我。

一节翻倒的车厢砸在了距离达纳帕拉·卡鲁帕哈纳家只有几英尺远的地方。他和他的妻子阿里亚沃西正试图打扫房子的内部，不过他们能做的事情并不多。整个屋顶都塌了下来，它没有被火车车厢砸到，而是被试图跳车逃生的乘客压塌了。有几个乘客活了下来，但是，至少有四个人直接砸穿屋顶，摔死在了阿里亚沃西的起居室里。一切就发生在她的眼前。她几乎完全说不出话了。她的母亲和儿子也死于巨浪中。

"母亲，没有了。儿子，没有了。"这是她唯一还能说的话。

在他们的房子外面，昔日的热带雨林早已成了混乱的一团，糅合了钢铁、烂泥、碎裂的树木以及腐烂的血肉和碎骨。我爬进一节出轨的车厢。乘客的个人物品散落得到处都是——一盘食物、一个小女孩的手包。墙上满是鲜血和污泥混杂而成的手掌印。车厢里所有人都淹死了。后来，我得知这列火车的名字是"萨穆德拉·德维"——海洋女神。

有时，干新闻工作就像玩传话游戏。某个人报道了某件事，然后所有人都开始学舌，而真相就在这个过程中逐渐消失了。

"拐卖儿童的事怎么样了？"纽约的一个制片人问我。

"什么拐卖儿童？"我问道。

"他们说，很多经历海啸的孤儿被拐卖去做性奴了。"

"'他们'是谁？"我反问道。

"大家都这么说，"制片人说，"这种报道到处都是。"

"我们会调查一下的。"我答道，一般来说，只有这句话能结束这种对话。

拐卖儿童是一个严峻的问题，在东南亚尤其如此。当我们开始调查其他媒体报道的拐卖故事时，却发现它似乎缺乏事实依据。绝大多数只是救援人员对这些因灾害而离开双亲的儿童有可能遭遇拐卖的担忧。这些救援人员工作的一部分是获取救援物资，而获取物资的其中一种办法就是吸引人们的注意力，对可能发生的问题发出警告。可警告终究不是事实。

我们雇用了一个名叫克里斯的当地报社记者做向导，我向他问起拐卖儿童的事，他的双眼亮了起来。"是啊，那是个大问题。"他说着一口英式英语，还不时地摇着头——一个典型的斯里兰卡式小动作。

克里斯给我们看了一份斯里兰卡日报的头版头条："两名从海啸中生还的儿童遭一骑摩托车的男子绑架。"

"这样的报道还有很多，"他说，"都是非常戏剧化的东西。"

"这是真的吗？"我问他。

"那就不知道了。"克里斯答道，"反正这种东西很适合做头条。"

我们去找警方核实，发现官方档案中只有两起与诱拐儿童相关的报案，并且这两起案件都没有得到确认。我们决定继续挖掘那个被骑摩托车的男子绑架的两名儿童的故事。

苏内拉七岁，他的妹妹吉南达莉五岁，已经两周没人见过他们了。

我们在科伦坡找到了孩子们的姑姑。"我相信他们还活着。"她用耳语般的声音告诉我们，手里紧紧捏着一张吉南达莉穿着芭蕾舞裙的照片。

海啸来袭时，苏内拉和吉南达莉正和父母一起坐在车里。汽车被巨浪拍下路基，像浮木一样被水推着漂到了三百码外的一条水沟里。车子最终倒扣着沉入水底，就在距离灯塔酒店和水疗中心不远的地方——那是加勒附近一家相当时髦的海滨酒店。

当我们到达的时候，那里已经人满为患。这家在海啸中幸存的酒店如今挤满了记者。停车场里被他们装满了各种卫星接收装置。当我们终于找到酒店的经理阿南达·德·席尔瓦的时候，他相当确定地告诉我，孩子们已经死了。

"当时，我们的三个员工打算把车翻过来，"他指着已经干涸的水沟告诉我，"可我们实在做不到。不过，差不多三十分钟后，我们还是想办法把两个孩子从车里救了出来。"孩子们的父母卡在被水淹没的汽车里，已经救不回来了，德·席尔瓦如是说。当他们把苏内拉从车里抬出来的时候，他已经死了。吉南达莉则昏迷不醒。

"她闭着眼睛，脑袋就这么耷拉着。"德·席尔瓦一边说，一边做了个脑袋前倾的动作。

"报纸上说，这两个孩子被一个骑摩托车的人拐走了。"我给他看了那份报纸的头条。

德·席尔瓦对着报纸挥了挥手。"那只是谣言而已。"他说，并且坚称他亲眼看着苏内拉的遗体被路过的斯里兰卡军方用卡车运走了。至于吉南达莉的下落，他说，有一个名叫拉尔·哈玛西里的男人骑着摩托车送她去医院了。

拉尔·哈玛西里就住在离酒店不远的地方。当我们找到他的时候，他一开始非常不愿意开口。当地的报纸把他写成了拐骗犯，这让他很愤怒。

"我看见那孩子在地上躺着，"他最终还是说了，不过是在把我们引进他的家里，躲开多疑的邻居们窥视的眼神后，"就立刻把她抱了起来，给她做人工呼吸。她都已经吐白沫了。"

在人群的催促下，他拦了一辆路过的摩托车，把女孩送进了附近的医院。"那时候，她的身体还有温度，我觉得她还有一点儿微弱的脉搏。"他说。可是，当他们到达急诊室的时候，他很确定小姑娘已经死了。

"我原本是一片好心，想要救人一命，到头来却把自己的名声搞坏了。大家看我的眼神像看罪犯一样，就好像我真的是个绑架犯。"

医院的场景很直白地解释了一个小姑娘怎么会从那里凭空消失。急诊室的围墙被冲走了，庭院里堆满了废弃的病床，被水泡烂的文件和病历散落得满地都是。

一个身穿亮闪闪的白西装、身材矮小敦实的男子摇摇摆摆地走出医院大门，身后有一大串人以很快的速度想要跟上他的脚步：联合国的救援人员、斯里兰卡的下属以及几个当地的新闻记者。

"这就是那个该死的部长。"我们的向导兼翻译克里斯对我介绍道，他停下来看那场小小的政治游行过去。按照克里斯的说法，这个部长的老婆抓到部长在办公室里搞别的女人。部长的老婆大闹一场，惊动了警察，让当地的小报来了一场狂欢。

"嘿，我们当时可是大干了一场，"回忆让克里斯露出了怀念的神情，"照片、目击者证词，什么都没漏下。"

我们终于找到了医院的管理人，她确认吉南达莉被送来的时候已经死亡。因为这里的太平间被海啸损坏了，他们就把她的遗体转运去了另一家医院。就算她被人们从水里捞出来的时候还活着，送来医院的时间也足够要了她的命。

此时我们唯一能做的就是尝试着去找吉南达莉的遗体。既然我们已经调查到了这一步，不把事情彻底搞清楚是说不过去的。我们到了第二家医院，在指点下穿过一条长长的走廊，走进一个洒满阳光的大房间。这就是临时的太平间。

从外面看，这个房间很像纽约东村的艺术画廊，无数张小小的照片沿着墙壁排列成行。远看很难分辨照片拍的是什么，得走近看才行，即便如此，也需要集中注意仔细辨认。全都是死者的照片，加起来超过一千张。人们为每具寄存在这里的遗体拍下照片，希望有人能来辨认他们的身份。

从来没有人讨论过水的威力。然而此时，它的威力全部呈现在这里，定格在彩色胶片上：淹没、挣扎、疲惫、惊恐。涌进肺部的水，咳嗽、呕吐的婴儿，停止跳动的心脏，抽搐的肢体，向后垂下的头，涂满泥浆的面庞上暴突的惨白眼球，肿得像黑气球的舌头，鼓胀得如同蟾蜍的脖颈，断裂的骨骼，粉碎的颅骨，从头颅上硬扯下来的牙齿，失去母亲怀抱的孩子。

在电影里，淹死的人往往死得很平静，在水流的拉扯下放弃挣扎，在波浪的拖拽中随波逐流。这些照片呈现的完全是另一回事。并没有什么宁静地屈服于水流，溺死毫无尊严可言。它激烈、痛苦，场面直击人心。每个溺亡者死去时都孤独无依，即便死了，他们的尸体也在绝望地尖叫。

戴着口罩的护士用硬邦邦的刷子和扫把洗刷着斑驳的地面。几天前，这个房间的地板上还停着一具具肩并肩摆放的遗体。他们现在被埋在城外的一个集体埋葬点里。这是护士们第三次尝试着洗掉地板上的味道，然而，腐败的恶臭似乎已经渗进了水泥地面的深处。到处都是苍蝇。菲尔放下肩上的摄像机，打算更换电池。"可别把它放在地上。"护士长提醒道，担心摄像机沾上细菌。不管他们多么努力地擦洗，都没办法洗去那股气味。尸体的腐臭在这里挥之不去，用多少消毒剂都掩盖不了。

我随身带着苏内拉和吉南达莉的照片——学校拍的标准照，就是那种孩子们需要打扮一番，把头发梳理整齐，一动不动地坐着拍摄的照片。两个孩子都微笑着直视眼前的镜头。吉南达莉就在这堵死亡之墙上的什么地方，但是，看着那些尸体的照片，我知道自己永远也不可能找到她。那些尸体腐败得太厉害了。

"我们该走了。"查理对我说。我知道他是对的，但我还是强迫自己看着那些照片，看着每个死者的面容。我想，那是我唯一能为他们做的事情了。

最终，我们启程去找那个集体埋葬点，在太阳即将落下的时候赶到了那里。没有任何标记，只有林间空地上一片几百码长的红土地、一笔撕破森林绿色的血红、一堆从很远的地方就能看出新近翻动过的泥土。

两个妇女站在埋葬点旁，她们就住在旁边的一小块空地上。

"为什么他们一定要在这里挖坟坑呢？"一个女人问道，"现在这些鬼魂会在夜里到我们家作祟的。"

没有墓碑，没有记号。尸体被推土机运过来，直接倒进挖好的坑里。人们还在挖着新坑，没人知道那是给谁准备的。死者没有名字。当我们离开埋葬点返回酒店时，我看了一眼手表，留意到了那天的日期。那是1月5日，我父亲的祭日。

我当时根本不知道要发生什么，我想，小孩子是不可能知道的。那年我十岁，我的父亲五十岁——这个岁数在当时看来似乎挺老，现在看来则年轻得可怕。父亲死在纽约医院心脏搭桥的手术台上，日期是1978年1月5日，我每年都会在日历上把这个日子标出来。当然，我也许应该庆祝他的生日，和他生前的朋友们聚一聚，聊聊他们当年的故事，使我对他的记忆保持鲜活。但是，哪怕已经过去了二十七年，我也做不到，这痛苦太强烈、太真实了。我的神经依然绷得紧紧的。我试着掩藏这种伤痛，把那些感受和父亲生前的稿子一起打包装箱，远远地藏起来，承诺总有一天我会面对它们，整理它们。我唯一能做的就是缓解痛苦，远离生活。可是，这不可能永远有效。

父亲入院的那天早上，我因为生病而没有去上学。他走进我的房间，与我吻别，说他很快就会回来。他在医院住了差不多一个月，我只去看了他一次。医院不允许小孩进入特护病房。我真不愿意看到他那副模样：躺在病床上，胳膊上插着针管，手上残留着一块消毒剂留下的褐色污渍。他看起来那么虚弱，等待着心脏病再次发作。

他嘱咐母亲送我和哥哥磁带录音机当圣诞礼物。我想他是希望我把自己的感受和恐惧录下来。我没有这么做。现在，我多么希望他曾经把自己的声音录下来，希望他给我录一些留言，这些留言能陪我度过失去他之后的每一年。我们原本计划圣诞节当天去医院看他，把我们的对话录下来。可是，那天早上，他的心脏病再次发作，我就再也没见过活着的他。

当母亲走进我的房间，告诉我父亲去世了的时候，我还在睡觉。我记不清她说了些什么，只知道她在哭。很快，哥哥和我也哭了起来。

母亲把我们领进起居室，漫画家艾尔·赫什菲尔德和他的妻子多莉在那里等着。他们是我父母的好友，我母亲在医院时，他们一直陪伴在她的身边。我记得，多莉跟我讲了她失去父亲后的感受。从那之后，每当我看到周日的《时代周刊》上刊登的赫什菲尔德漫画，都会想起那个夜晚。

父亲去世的那天重启了我的整个人生，突如其来的风波卷走了曾经的我。我偶尔会想起失去父亲之前的那个孩子：在泳池碧蓝透明的温水中游泳，和爸爸妈妈玩着"马可·波罗"的游戏，在他们靠近时发出一阵阵欢笑。我在水下把手伸向他们，抓住他们的双臂，把腿缠在爸爸的腰上。妈妈的头发在脑后扎成发髻，爸爸对紧抱着他的我露出微笑。贝壳风铃在柔和的微风中叮当作响，海浪的声音透过沙丘与树篱不绝于耳。

一群斯里兰卡小僧侣在惨白的沙滩上玩耍，这是一群还没到青春期的孩子，身上裹着暗红色的袈裟。一个穿着沾了泥巴的T恤衫和旧短裤的瘦弱男孩在一段距离外看着他们，他的名字是马都兰加，今年十三岁，他的弟弟和妹妹都被海啸夺去了生命。

我们正身处一个名叫卡姆布鲁加姆瓦的村子，我们找到这里纯属偶然。这个村子里没有商店，没有大路，只有一小片简单的房屋和一条通向海边的土路。海啸来袭前，人们通常指点要找这个村子的人先找大路和海岸之间的佛教寺庙。如今寺庙已不复存在，只剩下一片水泥筑成的地基。沙地上到处散落着孩子们用的课本和彩色塑料杯子。

当海啸袭击卡姆布鲁加姆瓦的时候，寺院里正在举行佛事，大殿里满满当当地挤着五十九个人，绝大多数人都面对着寺院的住持，住持则背对着大海坐在一个略高的讲坛上。如果他的背后有一扇窗户的话，没准儿信众们能发现冲向岸边的海浪，并且及时逃生。可惜既没有窗户，也没有警报，只有焚香与诵经声，以及瞬间袭来的海水与死亡。那天早上，寺庙中的五十九个人里只有九个活了下来，丧生者中有十五个是孩子。

我的摄像师菲尔·利特尔顿是南非人，他绝大部分职业生涯都是在非洲度过的，这培养了他对权威的强烈厌恶以及某种极其不合时宜的幽默感。我不用告诉他要在这里做什么，大家都清楚我们为什么到这里来。

"我准备到庙里拍一圈，"他对我说，"你知道，拍拍那种'小手再也不会拿起的杯子'之类的照片。"

一开始，他这话让我很震惊，但我很快就笑了起来。他当然是在拿我们寻开心，调侃我和查理此时此刻的想法。我们都看见了那些杯子，都知道它们意味着什么，菲尔只是明着说了出来。作为一名记者，不论你内心受到多大的触动，对眼前的场景有多少敬畏，你都应当专注于忠实地捕捉你眼前的恐怖，把它们整理妥当，呈现给他人。我们来到这里，是因为有儿童丧生。菲尔只是直奔主题。他只是很清楚我们来这儿的目的。

马都兰加不怎么会说英语，但他还是带着我参观了村庄的遗迹。我们在砖房与棚屋构成的迷宫里缓缓地走着，他突然在一条泥泞的水沟边停了下来，指着五英尺远的一个地方。"妹妹。"他说。我意识到他指的是发现妹妹尸体的地点。不远处就是他家，家旁边是后院，后院里有一个用破木板盖着的小土堆，那是他弟弟的坟墓。这些木板是用来挡雨的。马都兰加没有能用来纪念弟弟妹妹的照片，那个坟头很快也会被雨水冲平。再也没有痕迹能证明他们存在过。

父亲去世那年，哥哥十二岁，父亲的死让我很难承受，而对哥哥来说肯定更糟。他们的父子关系更加成熟。他们两个都热爱文学，哥哥经常和父亲讨论他最近在读的历史书。我和哥哥相差了两岁，但我们小时候总是黏在一起。他一直热衷于阅读历史和军事相关的书籍，在我还在妈妈的肚子里的时候，他就给我起了个"小小拿破仑"的绰号。可是，在我们童年的作战游戏中，他才是毋庸置疑的领袖。他用玩具小兵摆成庞大的战场来玩战争游戏，游戏的规则对我来说太难了，但我很喜欢坐在一边看着他在我们卧室的地板上指挥千军万马。

父亲的葬礼过后，我们两个分别缩回了自己的内心世界，再也没有敞开心扉交流过。我不记得自己是否跟哥哥谈过父亲的死，可能谈过，但我一点儿印象也没有了。

整个世界突然变成了一个恐怖的地方，而我发誓不会让自己被它打倒。我想要变得独立，想要保护自己不再遭受更多伤害。那时的我只有十岁，但已经决定要自己挣钱，这样才能为不可预知的未来做点儿准备。我找了一份儿童模特的工作，开了一个银行账户。我的母亲很有钱，不过我不想依赖别人了。

上高中的时候，我开始选修生存训练课程：在落基山里进行一个月的登山探险，在墨西哥玩海上漂流。我急于向自己证明，我一个人就能活下去。我提前一个学期从高中毕业了。十七岁那年，我开着卡车用几个月的时间穿越了非洲南部与中部。当时我已经拿到了毕业需要的所有学分，烦透了学业的压力，想要把上大学的事和家里夹杂着餐具碰撞声跟电视机的低语的那种沉寂抛在脑后。非洲是个适合遗忘和被遗忘的地方。哥哥那时已经上大学了。我以为他能用自己的方式来应对悲伤，我以为他能照顾好自己。

哥哥比我聪明，也比我感性。他相当一部分的生活是在精神世界中度过的。他上高中的时候爱上了菲茨杰拉德的作品，爱上了作品里描绘的失落的旧世界，并且因此去了普林斯顿大学——我想，他多多少少是希望那里依然存在着菲茨杰拉德的世界里的生活方式。他是个理想主义者，做事有些不切实际。他一直担心钱不够花，但是，又会因为一时冲动而买下一套广告上的白色双排扣西装。这套西装在他的衣柜里挂了好几年，他一次都没有穿过。我曾经拿这件事跟他开过玩笑，我笑他乱花钱，还缺乏常识。

我从来没有把他当哥哥来看，因为那就意味着我需要他的照顾，意味着我不是完全独立的，还需要依靠别人。

卡特·范德比尔特·库珀，这是我哥哥的名字。奇怪的是，我似乎再也没有把它大声地说出来过。我以为我们有一个无言的约定，我们分别度过自己的童年，长大后再以成人的姿态相会。我想象着有朝一日我们会成为朋友、同盟、一起笑谈过去的争端的兄弟。我不知道他为什么没有遵守约定。或许他根本不知道这个约定的存在，或许这一切都只是我的想象。

"每当我们走过寺庙，我最小的孩子都会指着那里对我说：'我的哥哥死在这里了。'"卡姆布鲁加姆瓦的一位母亲流着泪告诉我，"我只能对他解释：'不用担心，他去了另一个世界，他现在在天堂里了。'"

我们在寺院附近的一间教室里架起摄像机，外面坐着五六名妇女，她们等着讲话的机会。有些人手里攥着死去的孩子的照片，有些人只有回忆。但是，每个人都有话要说，都想让他人知道她们的痛苦，感受她们失去孩子的悲伤。

"我的女儿学习特别刻苦，"一位母亲对我说，"我的儿子总是和其他孩子一起调皮捣蛋。"她的两个孩子都在寺庙里淹死了。他们的尸体被发现时彼此相距不远。

"我再也不能回家了，"她说，"我的脑子里全是他们到处淘气的样子。我总觉得孩子们还在后院里玩。"

我们不可能采用所有妇女的口述，细节太多了，需要转录的采访也太多了。可是，还有那么多母亲等着被采访，我不能拒绝她们。

"你的生活要怎么继续呢？"我问其中一位母亲。

她没太明白我的问题。"我们总得活下去，"她最后说，"不然，我们还有什么别的选择呢？"

"我们都在一起受苦。"一位妇女说道。有那么一瞬间，我简直以为她知道我的故事，不过，我很快就因为自己的这个想法而感到羞愧。巨浪来袭时，她带着自己的六个孩子待在寺庙里。她的一个女儿死了，其他几个孩子抱住一棵椰子树活了下来。

"说出来会好一些。"她说，"把这些事讲给别人听，这能帮你战胜悲痛。"

她的话很有道理，这一点我当然清楚，只是我依然做不到，哪怕我的伤痛完全无法与他们的相比。父亲去世后，母亲还是会和我们谈论他的事情，会提及他说过的话。我会沉默地听着，不时点点头，却无法加入谈话。我一个字都说不出来。行走在这个村子里，倾听这些村民的讲述，这已经是我能做到的全部了。

一个名叫达兰塔的渔民站在棚屋后的小树林里，在树枝上晾晒着女儿被水泡过的课本。他想把它们晾干，因为这些书是女儿留给他的唯一的纪念，她的其他东西——照片和衣服——都被海水卷走了。她的名字叫狄丽妮·珊达玛丽，时年十一岁。

　　"当我去把女儿的尸体从庙里领走的时候，"他用哭哑了的嗓音低声说，"我发现她和她的两个好朋友躺在一起。"

　　达兰塔不知道下一步要做什么。他不会继续打鱼了，因为他再也不能面对大海。"我再也不想看见大海了，"他疲惫地说，"我诅咒它。"

　　你一开始可能想知道每家发生过什么、每个人都在想什么，然而，一段时间过后，你就不会再问了。该说的话都已经说了，言语已经不再有价值，已经不能承载深重的悲伤了。我只能凝视着那些为死去的孩子哀恸的母亲的眼睛。

　　"我对你们的不幸深感同情。"我说，这听起来是那么微弱无力。

　　倾听人们的遭遇对我来说异常艰难，它们会让我想到自己失去的一切，虽然与他们的苦难相比我的经历似乎不值一提。不过是一个小小的不幸，这痛苦之海足以将它轻易吞没。

　　很多年以前，当我刚刚开始做记者的时候，我以为自己可以敷衍过去，可以顺势而为，不夹杂任何属于我个人的情绪。我专注于技术层面的解读：讲述故事和构建框架。我与人交谈，进行采访，却从不全心投入。我会点头附和，直视他人的双眼，但我的视线没有焦点，我的思路也总是会偏向于细节。受访的活人变得像一个个角色，在我的脑海里按规划好的剧情表演。他们的嘴巴不断地开合，而我听见的只有一个个音节。我只听自己用得上的，其他部分都会快进过去。

一旦得到了需要的全部信息，我就会把自己从场景中抽离出来。我以为这样做可以让自己全身而退，不受影响，不被改变。事实证明我并没有全身而退，根本不可能对那一切视而不见，听而不闻。哪怕你不去倾听，那种痛苦也会从你无法彻底封闭的裂隙渗进去，渗入你的内心。你永远不可能蒙混过去，这一点我现在已经明白了。你必须把这些情绪全盘接收，这是你欠那些人的，也是你欠自己的。

"有时候，你必须把目光局限在眼前的路上，"一位在索马里工作的救援人员曾经对我说，"你不能留意道路两边有什么。"

当时我并不明白他的意思，然而我现在明白了，彻彻底底地明白了。如果你决定投身其中，那么你要清楚自己的承受力是有限度的。最好不要在同一个地方停留太久，最多只能留一两个星期。如果你有可以暂时远离惨烈现场的地方，你就能多留一段时间。然后，你对这些故事的报道就成了一段冒险的旅程。这个暂留地就像一个办公室，每天早上，你可以在这里准备好了再出发。

在斯里兰卡的时候，我们住在距离重灾区几个小时车程的一家豪华酒店里。每天傍晚，我们会回到酒店，一边狼吞虎咽地吃晚餐，一边剪辑视频。总有几个游客还在享受最后的余晖：身穿黑色比基尼的金发美女噘着打了胶原蛋白的丰唇；大腹便便的男人套着紧绷的速比涛牌泳裤，谢顶的脑袋被太阳晒得发红。他们在泳池旁谈笑，小口抿着插了小纸伞的冷饮，拿俄语和德语讲笑话。我看着他们，起初很震惊，在脑海中对着他们尖叫："你们难道不知道这里死了很多人吗？你们居然还有兴致在泳池旁玩？"当然，我什么也没说。他们为什么不能享乐？在世界的其他地方，生活还在继续。现实就是这么一回事。

当我们离开卡姆布鲁加姆瓦的时候，我发现所有人都没有说话，那里的悲伤让菲尔都沉默了。一辆载满僧侣的卡车从我们旁边经过，车上的僧侣们冲着一个大喇叭诵经，他们低沉的吟诵回荡在小村庄的遗迹的上空。马都兰加孤零零地站在海边。一个孤独又悲伤的小男孩。他向大海扔着石子。

1988年4月，哥哥突然来到母亲的公寓，告诉她自己想搬回家住。母亲住在纽约上东区的一套复式公寓里，我和哥哥上高中的时候，我们搬到了这里。公寓楼面对着纽约东哈德逊河，每层都有一个环绕式阳台，给公寓里的人一种置身于轮船上的感觉。沿着河开车时，你可以看到我房间的阳台在天际线上的剪影。每当我坐出租车沿着罗斯福高速路经过那一带时，我都会默默地数着还有几秒能看到阳台。

哥哥住在市中心的公寓里。他当时是《美国遗产》杂志的编辑，也在给《评论》杂志写书评。他前不久和女朋友分手了。他们是上大学的时候认识的，交往了好几年，但我不知道他们的关系进展到了什么程度。事实是，我根本就没怎么在意过。他们分手后，我们在电话里聊了几句，但没有说得很细。我之前从来没有和所爱之人闹过分手，我也不喜欢承受那种失去什么人的痛苦。

4月的那天，在卡特告诉妈妈他想搬回去的那天，他来看了我的比赛。我当时在耶鲁大学上大三，是学校轻量级赛艇队的舵手，我们的队伍正在纽约和哥伦比亚大学比赛。卡特之前从来没有看过我的比赛，知道他要来，我很兴奋。可是，当他出现在我的面前时，他看起来衣衫不整，精神涣散。我立刻就知道有什么地方不太对劲。他看了比赛，但结束后很快就走了。我回到家后，妈妈告诉我，他因为什么事而情绪很差，连着请了几天假，没去上班。她给他推荐了一位心理医生，卡特也同意开始接受治疗了。

我悄悄走进他过夜的客房——他原来的卧室已经被当成储藏间了——坐在他的床沿上。那天晚上的他看起来既惶恐又脆弱，这让我害怕。但我更多的是愤怒，他的软弱让我心生厌恶。我问了他的情况，我们聊了聊他的工作，不过我其实并不是特别想知道。事到如今，回想起这一切，我非常难过，我意识到自己当时多么自私。我原本可以做些什么来帮他的。我原本可以和他好好谈谈，对他敞开心扉，让他知道他并不孤独。可我什么都没有做，第二天一早就回学校去了。

几天后，妈妈告诉我，卡特很喜欢她推荐的心理医生，已经回去上班了。他也决定不搬回家住了。我松了一口气。我急于得到任何一个不需要再为他担心的理由，好假装他的危机从来没有发生过。我以为，不管他有什么问题，他都会告诉心理医生。后来我才知道，他没有。

在每一场悲剧中，都会有人寻求奇迹，寻找被死亡环绕时支撑下去的征兆。当我们的翻译克里斯对我们提起马塔勒城的那座小教堂时，我们已经在斯里兰卡待了一个多礼拜。

"那儿的事情可奇怪了，"他说这话的时候明显有些激动，"飘在半空中的圣像，甚至可以说是奇迹啦。"

马塔勒圣母教堂得名于一件拥有五百年历史的文物——一尊雕工精美的圣母子像，在人们的记忆中，它一直被存放在祭坛边的神龛里。

海啸发生时，查尔斯·赫瓦瓦萨姆神父正站在祭坛上，准备为坐在简陋的木椅上的一百多名信众举行圣餐礼，宣礼台上的唱诗班刚刚开始唱一首赞美诗的第一句："在牧人的凝视中……"

查尔斯神父没有看到来袭的巨浪，他只记得听见了一声巨响。他本以为那是附近的街上出了车祸，可是，几秒钟之后，他就已经泡在水里了。人们爆发出一阵阵尖叫，尸体和汽车漂进教堂的正殿，还有大块的碎石和浮木。到处都是海水的味道。

"我还记得祭坛边漂着三具尸体。"我们来到教堂后，查尔斯神父对我们回忆道。他三十岁出头，一头黑发梳成整齐的偏分。他的一条腿受了伤，走起路来一瘸一拐的。神父柔和的语气带着点儿英式口音，说话时会直视对方的双眼。

查尔斯神父给我们引见了一个名叫迪马克的九岁男孩，海水涌进教堂时，他正站在宣礼台上。迪马克是唱诗班的一员，他跟我们说话时，手里还攥着赞美诗的歌谱。他说自己看到"马塔勒圣母"从神龛的底座上飞起来，离开了教堂。

"它不是被水冲走的。"迪马克解释道，用手比画着那尊圣像是怎么飘起来的，"它是自己出去的。这是一个奇迹。"

那天早上，教堂里死了二十个人。一些人是直接被巨浪拍死的，另一些则在逃命的过程中溺亡。直到那天的晚些时候，迪马克对查尔斯神父讲了自己看到的事情，神父才发现那尊圣像消失了。

"我相信圣母去了海里，她要与那些死去的人同在，他们都是她的孩子。"查尔斯神父告诉我，"她带着圣子耶稣和他们一起走了，她要与他们一同经受苦难。"

查尔斯神父还告诉我，在海啸后的三天里，每天清晨，他都会到海边去祈求圣像回来。"我们需要您，"他会对着大海高声祷告，"您一定得回来。"

神父每天都要为教众主持葬礼，还得照料那些受伤的人。他的教区里有不少人失踪了，教堂也遭到了严重的损坏。查尔斯神父相信，如果没有圣母在身边支撑，他是无法完成这些任务的。

"我们要做的事情太多了，"海啸过后的第二天，他站在海边祷告着，"您一定得回来。"

在神父那间位于教堂中的简陋的卧室里，他每天晚上都会为马塔勒的人民祈祷。但是，每天早上，他都会回到海滩上呼唤圣母。

查尔斯神父说，在海啸后的第三天，圣母终于回应了他的祷告。那天早上，他照例站在海边，恳求圣像回来。

"圣母啊，您今天一定要回来，"他说，"您不能再等下去了。"

几个小时后，一个孩子来到教堂，告诉一个执事，他在距离教堂差不多一英里远的灌木丛里找到了点儿东西。是那尊圣像，它完好无缺，连圣子耶稣头上纤细的金冠都没有一丝损坏。

查尔斯神父赶到时激动得无法自持，他坚信这是上帝的旨意。

我跟神父交谈时已经是海啸过去两周后了。我们一同站在他每天早上对着大海祈祷的地方，他的手中紧紧地握着一串黑色的玫瑰念珠，白色的法袍在海风中飘舞。此时的他无比相信上帝正眷顾着马塔勒。

"那么多人失去了生命，而我们还在寻找更多的失踪者。"他说，"可是圣像回来了，这是一个奇迹。我想，那些不幸丧生的人也许是为了一项美好的事业而献身的。我们的国家一直因种族与宗教的差异而饱受分裂之苦，而如今我们可以放下这些分歧了。当我主持葬礼的时候，当我前往太平间的时候，我看到所有的尸体都停放在一起，一丝不挂，没有任何差别。就像在说，不论你拥有什么样的肤色、信仰和文化背景，到头来我们都是一样的，都是一样的人类。"

马塔勒圣母子像眼下被寄存在地区主教的办公室里，在教堂完成修复前，它会一直由那里保管。到了圣像可以返回的那天，查尔斯神父和信众们打算抬着它游遍马塔勒的大街小巷。这些幸存者要通过这场游行告慰圣母，告诉她，他们的信仰依旧坚定。

你可能总能听到亲密的兄弟互相感知彼此的伤痛的故事，

那种一个兄弟遭遇危险时另一个能有所感应的故事。我要讲的故事却不是这样。我哥哥去世的那个夜晚，我正在千里之外的华盛顿地铁上。事情发生的时候，我什么感觉也没有。

4月，他带着一副惊慌失措又心神不宁的模样来看我的比赛那天后，我又见过他一次。我们也通过几次电话，不过每次都没聊太久。我和他再见面是在国庆节①前一天，我当时在华盛顿实习，回到纽约度周末时偶然在街上碰到了他。

"我上次见你的时候就像牲口一样。"他说。我不太明白他的意思，也不知道该对他说什么。我以为那是个好现象，因为他已经可以拿我们上次见面的事开玩笑了。我们一起去吃了个汉堡，然后很快就分开了。我不记得我们有没有拥抱，他说那个周末晚些时候会来找我，可是他没有。我再也没有见过活着的他。

1988年7月22日，哥哥一大早就出人意料地出现在母亲的公寓里。那是一个周五，他又提起搬回家住这件事了。他看起来很紧张，有些惊慌失措，说自己前一天晚上整夜都没睡。那天，他在我位于复式二层的卧室里打了几个盹。母亲去看他时，发现他打开了阳台的推拉门。那是一个炎热的夏日，房间里的温度高得难以忍受。

---

① 7月4日。

"用不用我把空调打开？"母亲问他。

"不用，"他答道，"现在这样就挺好的。"

他们一起吃了午饭，还聊了一阵儿。我的母亲有些担心，但没有特别在意。她知道有些东西不对劲，但也知道卡特是不会说出来的。午饭后，母亲让他去睡了一会儿，然后又去看他还需要些什么。看他在书房的沙发上躺着，母亲就给他读了一篇迈克尔·坎宁安登在《纽约客》上的小说，名叫《白天使》。小说里的一个小男孩因为意外地撞上了玻璃拉门而丧生，当时他们正在起居室里开派对，一片碎玻璃刚好割断了孩子的颈动脉。这个残酷的故事让母亲有些震惊，不过卡特似乎没什么感觉。

"这个故事不错。"他说。

然后，他又睡了一会儿。

傍晚七点，他又走进母亲的房间，看起来茫然而恍惚。

"出什么事了，出什么事了？"他问。

"什么事都没有。"母亲用安慰的口吻答道。

"不对，不对。"他摇着头说，转身跑出母亲的房间。"就好像他知道自己要去哪里，他好像知道终点在哪里。"后来，母亲这样对我说。她一路跟过去，跟着他跑上楼梯，跑进我的房间，穿过开着的玻璃拉门，一直跑到阳台上。

当她赶到的时候，哥哥正坐在我房间阳台低矮的石头围栏上，左脚点地，右脚踩着墙头。

"你要干什么？"母亲喊道，一点点向他靠近。

"不要，不要。别靠近我。"他说。

"不要这样对我，不要这样对安德森，不要这样对爸爸。"母亲哀求道。

"我还能再感受到什么吗？"他问。

母亲不知道他们在阳台上待了多久，一切发生得太快了。他看了看十四层楼下的地面，一架直升机从头顶掠过，在暮夏的夜空中闪过一道银光。然后，他动了。

"他就像个体操运动员，"母亲回忆道，"他翻过围栏，双手抓着围栏边的横杆，就像抓单杠一样。"

"我对他喊：'卡特，回来！'"后来，她对我说，"有那么一瞬间，我真的觉得他会回来。可是，他没有，他只是把手松开了。"

在古罗马，被称为"脏卜师"①的祭司负责占卜未来，他们把手伸进新近杀死的动物的肚子，掏出心脏、肝脏和肠子，把它们一样样摆在祭坛上，用血淋淋的内脏推演众神的旨意。可是，在斯里兰卡鲜血淋漓的海里，我没有看到任何征兆，没有半点儿预告2005年即将发生的一切的卦象。我寻找的是已经发生了的故事，却错过了所有尚未发生的灾难的警告。

---

① 原词为haruspices，haruspex的复数形式，意为以动物内脏占卜的祭司。

在斯里兰卡待了两周后，我回到了纽约。我以为自己会梦见那列火车的残骸，梦见苏内拉和吉南达莉，梦见马都兰加、查尔斯神父，以及其他许多我直视过他们的双眼、碰触过他们的双手的人。可是我没有。我只梦见了大海，梦见了那些困在海底的人。他们大睁着双眼，头发随着波浪摇摆。我梦见上千人沉默地葬身于冰冷的海水下，既彼此相连，又形单影只。

哥哥自杀后，母亲花了几个小时才联系上我。当我接到她的电话时，最后一趟前往纽约的航班已经离开了华盛顿。所以，我从机场租了一辆车，连夜从华盛顿开到了纽约。

我已经记不清母亲在电话里具体说了些什么，记不清她的遣词造句，只记得她声音中的震惊。我完全能想象到她双眼中的错愕。我不想跟任何人说话，不想得到安慰。自从父亲去世，我一直想把自己的人生牢牢地把握在自己手里，同时完全掌控自己的情感。当我听到哥哥的死讯时，我又向自己的内心躲藏得深了一些。我在逃避，想要用逃避来抵挡那种震惊、恐惧以及让我的胃拧成一团的眩晕。

我当然很悲伤，但是我也很愤怒。他怎么能对我们的母亲做出这样的事，在她的眼前杀死自己？他怎么能留下我一个人来面对这堆烂摊子？

当我到达纽约的时候，天已经快亮了。我沿着罗斯福高速路一路向前，在天际线上寻找着母亲住的公寓楼。出于习惯，我照常数着还需要几秒才能找到我家的阳台。五秒。我用了五秒钟就找到了它，并且意识到哥哥就是从那里跳下去的。我想，那时或许有在这条路上开车的人看到了他。从这里看去，他一定就像一个小小的黑点，飞快地在空中划过，消失在公路的看不见的人行道上。

从哥哥去世到举行葬礼的四天时间里，我和母亲如同坐在从冰川上断裂下来的浮冰上，孤立无援。我们没有离开过公寓，四周仿佛变成了万丈深渊，我们突然把自己和整个世界隔离开了。

母亲躺在床上，对每个来访的人一遍又一遍地讲着卡特自杀的经过，就好像她能在重复中发现全新的信息，它不仅能解释这一切，而且能证明其实什么事都没有发生，这不过是一个误会、一场噩梦。

"就像体操运动员一样。"她会把这些话讲给每个来看她的人。我知道，这能帮她在一盘散沙般的记忆中寻找线索，寻找某些也许能把卡特带回来的东西。可是，不管我听了多少遍，都还是觉得毫无道理。

一段时间过后，我不再听了。这个故事并不能帮助我理解卡特的死。如果我的确从中得到了什么的话，那么它向我揭示的实际上是到目前为止不为我们所知的事情，而且我们永远不可能知道了。"为什么？"每个人都在问这个问题，"他为什么要自杀？为什么要当着亲生母亲的面自杀？为什么不直接留遗书？"

母亲有时会失声痛哭，甚至尖叫出来，我想自己可能有点儿嫉妒她还能这么做。我当然也哭过，不过是在夜里，在我把脸埋进枕头的时候，我不希望别人听见。我想，我是在担心，假如放纵自己的感情，那么我也有可能从边缘坠落，落入那吞噬了我哥哥的无名深渊。

一大群记者和摄像师守在公寓楼下。我一开始并没有意识到这会变成一场传媒事件，直到母亲的律师无意间把一份《纽约邮报》留在了我们的公寓里。头版头条的标题是《继承人悲剧性的临终之时》。他们依然管我的母亲叫"可怜的富家小千金"——那些小报给儿时置身于母亲和姑姑的继承权大战中的她贴上的标签。我把报纸扔了。我不想让母亲知道自己又上了报纸头条。

我们到弗兰克·E.坎贝尔葬礼教堂为卡特守灵，我搀扶着母亲下车，至少有五六个摄像师对着我们没完没了地拍照。我恨他们，他们像秃鹫一样在苟延残喘的我们的头顶上方盘旋。

我原本已经忘掉了那个时刻和那种感觉。可是，就在去年，我去特丽·夏沃的医院外做报道，看到了成群的摄像师推推搡搡地跟拍她父母的每个动作。夏沃处于植物人状态，她的鼻饲管被医院拔掉了，而她的父母正在争取重新为她插上鼻饲管。

"嘎，嘎。"站在我身边的一个制片人模仿着秃鹫盘旋时尖锐的叫声。

"我成了自己痛恨过的那种人。"我暗自想着。遗憾的是，这甚至不是第一次了。

卡特的灵柩停放在教堂最大的一间告别室里，然而哀悼者的队伍还是排到了外面的路上。妈妈站在那里迎接他们，她直视着每个人的眼睛，想从里面找到一些答案。

参加告别仪式并不需要邀请函，因此，无法控制会有什么样的人来排队。最后，我不得不用身体拦住聚集的人群，把亲近的朋友们从队伍里拽出来，告诉他们不要排队，直接进去。我时不时地会遇上一张陌生的面孔，还要绞尽脑汁地搞明白他到底是谁。有好几个好奇心作祟的路人。有个男人拿着一份《纽约邮报》，希望母亲能在上面签个名。我感谢他前来参加告别仪式，然后立刻找人把他打发走了。

哥哥身上穿着一套保罗·斯图亚特的灰色西装。这是守灵前一天我去他的公寓里挑的。看见这套西装挂在他的衣柜里时，我有点儿想要，但立刻就因为这个自私的念头而自责起来。于是，我决定让他穿着这身衣服入土为安。我坐出租车回家，把西装放在大腿上，车上的广播开着，一个主持人对打来电话的听众说："嘿，我说，想想范德比尔特家的那个小子。他名下的信托基金的利息没准儿比我这辈子能挣的钱还多呢，可是这都没能拦住他跳楼。怎么，我说得有点儿道理没有？"

遗体化妆师们把我哥哥头发的偏向梳错了。"哦，不，这可不像他。"我差点儿就说出来了，"有些东西你们搞错了。"

我留意到一根带着螺母的银色螺丝从他的脑后伸了出来，我希望母亲没有看到。不过，就算她确实看到了，她也不会做出什么表示。我们离开前并肩站在灵柩旁。母亲凝视着我哥哥的脸，把双眼闭上了一会儿。然后，她找人要来一把剪刀，剪下了卡特的一缕头发，就像与父亲告别时一样。

我浑浑噩噩地度过了大学的最后一年，把绝大多数时间都用来思考到底发生了什么，担心某种把哥哥推向死亡的幽暗的冲动还潜伏在什么地方，等待着随时向我袭来。

那年的我经常希望自己能有一块胎记、一道伤疤甚至一条残肢，总之是那种小孩子会指指点点而大人会告诉他们盯着看不礼貌的东西。这些东西他们至少能够看到，能够明白。我做不到微笑着与他人交流，做不到正常的迎来送往。就像搞坏了的心形吊坠一样，我的心也只剩下一半了，人人都能看到这一点。

大四一整年我都在逃避各种假期与庆典。母亲和我在感恩节点了中餐外卖，又靠看电影打发了圣诞节。我们不再送礼物，并且刻意无视了彼此的生日，因为每场节庆都像在提醒我们失去了什么。一到周末，我就坐火车回纽约，我们在家吃晚餐，绝大多数时间足不出户。在一开始的几个月里，

52

我在楼下的客房里睡觉。我既不敢踏足自己的卧室，又不敢望向它外面的阳台。母亲总是会谈起卡特的事，对我讲述她的推测和假设。我会认真倾听，但没有什么可以补充的。这感觉如同站在无底深渊旁向下望，我担心，只要前进一步，便会一落千丈。可是，至少我在那里，我在倾听，我和她在一起。我只能做到这些了。

哥哥去世差不多一年后，我大学毕业了。母亲来到纽黑文，我们一起拍了几张照片，毕业的事就算过去了。她回到纽约，收拾好公寓里的东西，搬进了城市另一端的一座独栋。她再也不想住在复式公寓楼里了，哥哥死后，我们俩都对高处产生了恐惧。我问她，既然我毕业了，那么她觉得我应该做什么工作。

"追随你的天赐之福。"她引用了约瑟夫·坎贝尔的一部作品的标题。我原本以为她会给一些更具体的答案，比如"塑料工业"之类的。我很担心自己不能"追随我的天赐之福"，因为我完全感受不到什么天赐之福，事实上，我什么都感觉不到。所以，我想到能够感受到强烈情感的地方去，去那种来自外界的伤痛足以与我内心的痛苦抗衡的地方。我需要平衡、平静，至少得找到尽可能接近平静的方法。我想要生存，我想，也许可以从幸存者身上学习。战争看来是我唯一的选择了。

IRAQ: INKBLOTS OF BLOOD

伊拉克：鲜血墨迹

上大学的时候，我读了很多驻外记者撰写的越南战争前线的报道。从夜间的巡逻到火热交锋的前线，他们讲述的各种故事让新闻报道听起来像一场场大冒险，像是什么完全值得一做的事情。然而，新闻业并不是能够轻松入门的行业。大学毕业后，我向 ABC[①] 新闻申请了一份入门级别的工作——接电话、复印材料之类的。可是，我等了几个月，也没有等来面试的机会。耶鲁大学的文凭没有发挥什么价值。

我最终在一频道找到了一份核查员的工作，效力于一档面向全美高中生的十二分钟的每日新闻播报节目。我当然知道新闻核查与前线报道之间相差甚远，可是，我至少要先迈进这个行业的大门才行。在那档节目干了几个月后，我产生了做驻外记者的念头。我的计划非常简单，实际上也愚蠢透顶。

我觉得，只要自己到了那些要么危险要么新奇刺激的地

---

① American Broadcasting Company 的简称，即美国广播公司。

方，就应该没有什么人跟我竞争了；而且，假如我写出来的报道既便宜又有趣，一频道就很有可能采用它们。一个同事用苹果电脑给我做了一本假记者证，还借了我一台索尼录像机。我其实不知道自己该做什么，但是，我从小到大看了很多电视新闻，所以大概知道新闻报道是怎么凑起来的。至于这份工作的其他部分，当时的我觉得可以边干边学。

我辞掉了核查员的工作，但没有把计划告诉一频道的制片人们。我当时相信他们会阻止我跑到那种地方去，或者直接拒绝查看我拍摄的资料。1991年12月，我动身前往泰国，在那里遇见了几个来自缅甸的流亡者，他们致力于推翻国内的军事独裁政权。我的假记者证看来很有说服力，他们同意帮我偷偷地穿越泰国和缅甸的国境，让我在那里拍摄他们斗争的故事。

他们的营地藏在密林里，那里整天都能听到从远方交火前线传来的迫击炮声。我一开始觉得这非常刺激，并且很享受这个可以提问和拍照的角色。那一切对我来说似乎都不太真实，直到我终于去了他们的战地医院。医院收治的士兵极其年轻，甚至有不少十几岁的半大小子，他们躺在那里，肢体残缺，伤口鲜血淋漓。

一个戴着消毒手套的外科医生正准备给一个年轻人的腿动手术，这个小伙子的脸上伤痕累累，双眼也泛起了一层浑浊的乳白色。我看着医生拿起一把不锈钢锯子，一开始居然没反应过来他要做什么。当他动手切那孩子的腿时，我看得几乎要晕过去了。陪我过来的士兵们纷纷大笑。

一频道买下了我拍的片子。回到曼谷后，我意识到，这就是我真正想做的工作，而且我已经想象不到除此之外自己还能干什么了。我给妈妈打了个电话："我想，我找到自己的天赐之福了。"

2005年1月中旬，我刚刚从斯里兰卡回国不久，就发现自己的事业出现了一些变化。电视台的记者不断地给我打电话，想采访我关于海啸的事。同事们也总是称赞我完成了一份出色的工作。我很感激他们的称赞，也不想让人觉得我不通人情，但这些赞扬让我有些不舒服。人们对我的那些报道感兴趣，我当然很欣慰，可是，当他们问我那具体是怎样的一种体验时，我不知道该说些什么才好。我不知道要怎样才能三言两语就把那些感受说清楚，更不知道要如何应对突如其来的关注。还是到海外去工作简单一些，于是，我主动请求前往伊拉克。

按照计划，伊拉克将在2005年1月选举新的临时政府。这是萨达姆时代结束后第一次真正意义上的选举。

这是我第二次以CNN记者的身份来到伊拉克，而我还是不完全确定自己都看到了什么。"每个人经历的战争都不尽相同，"一个士兵曾经对我说，"我们都只能看见自己眼前的一角，因此，每个人看到的东西都是不一样的。"我一直牢牢地记着这句话。

伊拉克的情况就像一场罗夏墨迹测验^①，你可以在鲜血染成的图案里看出自己想要的是什么。袭击事件的频率降低了，事件的死亡人数却不断上升。绑架事件有所减少，土制炸弹攻击却变多了。接受训练的伊拉克人越来越多，却也有更多的在职警察离职潜逃。美国人死得越来越少，却总有更多伊拉克警察丧生。前进一步，来一场爆炸袭击就又倒退一步。写了那么多文章，派了那么多专家，可是，你观察得越仔细，就越抓不住焦点。

在从约旦的首都安曼前往巴格达的早班飞机上，你能看到形形色色的人：绝望的人、被压迫的人、好奇的人、信念坚定的人、信仰虔诚的人、探求真相的人，还有爱国者以及趋炎附势者。他们希望在伊拉克找到金钱或是生命的意义，乃至于介于二者之间的东西。这架飞机属于约旦，飞行员和机组成员全部来自南非。飞机在伊拉克飞行，他们知道这里有钱可赚。

战争创造地狱，但地狱也充满机会。

直到最后几分钟前，航行都十分顺利。最后，飞机并没有缓缓地降落在跑道上，而是来了个急转弯，在巴格达机场

---

① 视受试者对墨迹图案的反应来分析其性格的心理测验。

上空盘旋着下降。

"着陆过程的最后部分将以在机场上方盘旋下降的方式进行，"飞行员通过广播告知乘客，"这可能会让您感觉身体有些不适，但这种降落策略是绝对安全的。"当然，如果在这里着陆确实"绝对安全"的话，他们就根本不会采用这种非常手段了。这不过是防止被火箭弹击落的最好方式而已。

"欢迎来到自由的伊拉克。"巴格达国际机场出售的纪念品T恤衫上印着这样一句话。自由当然很好，可是安全也同样可贵，而现在的伊拉克宁愿失去大量的自由来换取一点点短暂的安全。

在机场的到达大厅里，一个紧握冲锋枪的菲律宾人冲一群刚下飞机的哈里伯顿①公司雇员大喊大叫地讲着注意事项，他的棒球帽后面印着他工作的安保公司的名字——"卡斯特②之战"。这听起来很明显不能给人什么安全感。

每个记者都相信，自己的感受与见闻独一无二，并且是从没有被其他人在其他地方、其他冲突中见证过无数次的。我总是尝试着把自己做过的各种报道区别开来，不让自己把在一个国家见到的事情与另一个国家的类似事件混为一谈。

---

① 哈里伯顿公司（Halliburton Company）成立于1919年，是世界上最大的为能源行业提供产品及服务的供应商之一。
② 乔治·阿姆斯特朗·卡斯特（George Armstrong Custer，1839—1876），美国历史上最著名的骑兵军官之一，曾任第七骑兵团团长，以骁勇闻名。

可是这并没有那么容易。我不得不在头脑和内心中设置一道道壁垒来分割这些经历，但是鲜血总能轻易地越过这些壁垒。一具在巴格达见到的尸体总会让我想起另一具在波斯尼亚看到的遗骸。有时，我根本记不清自己到底在哪里，也忘了为什么在这里。我能记得的只有那个瞬间、那触目惊心的一瞥和神经突然的一次震颤。眨眼之间，我便已经置身另一个战场、另一个年代、另一场纷争。每场战争都彼此不同，每场战争又都没什么区别。

1993年3月，萨拉热窝。波黑战争不是我经历的第一场战争，但对当时的我而言，那毫无疑问是最凶险的。缅甸之行一年后，一频道才正式聘请我做驻外通讯员。当时的我只有二十五岁，单打独斗，拍片子用的依然是家用录像机。但是，至少有人替我买单了。

那是波黑战争的第一年，萨拉热窝正处于包围中。塞尔维亚人藏身在郊外的山里炮击市区，不断有炸弹落向城中的市场，老人在那里出售他们破旧的手表，同时努力维持着最后一丝尊严。炮弹落地，血洒街头。那冲击力你在几个街区外也能感受得到。还有那些狙击手，他们飞速旋转的子弹无声无息地划过空中。没有警示，没有火光闪耀的弹道。扳机扣动，子弹上膛，一声枪响，一具尸体倒地。

敢对你说自己不怕交战区的人不是傻子就是骗子，或者两种都是。你到过的地方越多，就越清楚丧命多么简单。这和电影里演的可不一样，被打死的人不会像慢镜头一样缓缓倒下，更无法呼喊亲人的名字。人死了，地球还是一样转。

我乘坐联合国的包机从克罗地亚的萨格勒布前往萨拉热窝。一频道刚刚发给我一件全新的防弹衣，我直到飞机快落地才拆开外面的塑料包装。拆包的时候，我留意到了缝在衣服内侧的一个警示标签：本品无法防护穿甲弹、步枪子弹或尖锐利器。

这玩意儿防不住狙击手，只对手枪这样的近距离攻击武器有用。可是，在萨拉热窝，他们往往从远处取人性命。

不管怎么说，我还是套上那件防弹背心，独自走进了沙袋掩体林立、如同迷宫的萨拉热窝机场。这班飞机上除了我之外只有一个乘客——一个带着照相机的德国小伙子，他看起来比我还要害怕，并且对自己到底卷进了什么状况一无所知。他甚至没有离开机场。我听说，他当天就坐飞机回萨格勒布了。

我住在假日酒店里，却不敢躺在床上睡觉，总是忍不住担心在夜里被弹片打死。于是，我只好打地铺，一边听着远处迫击炮弹落在建筑上的轰然巨响，一边努力让自己入睡。假日酒店就像一条绝望的癞皮狗，死死地咬住了萨拉热窝，不肯松口。酒店的玻璃窗碎的碎，裂的裂，坏了一大半，只能拿厚重的塑料布替代。到了冬天，就有冷风呼啸着穿过阴暗的走廊。

虽然我听说连锁集团已经取消了这家酒店的特许经营权，但人们还是管这里叫假日酒店。由于塞尔维亚人对萨拉热窝进行了严密的封锁，酒店已经无法维持母公司要求的高标准，早就没有薄荷糖可以放在客房的床头了。

1984年冬奥会期间，这家酒店的位置还是非常理想的。它位于城市中心区，临近河畔，还能观赏山区的风景。然而，在战争期间，这个地段就再糟糕不过了。原本接待世界各地运动健将的滑雪坡道如今成了狙击手的据点，而水泥箱子一样四四方方的假日酒店就成了最显眼的目标。它刚好面对前线，一到了夜里，子弹就拖着火光掠过窗外，看起来像流星一样。

一频道没有给我租带装甲的车，但他们好歹给我找了一辆双门的"南斯拉夫"牌汽车。防护性能当然没法儿比，不过总比没有强。我雇了一个名叫弗拉多的当地记者做向导，他总是管那辆"南斯拉夫"牌汽车叫"脆皮车"，这让我越发没有安全感。到达后的第二天早上，我下楼以后，发现有人把汽车雨刷器的刮板偷走了，只留下两根光秃秃的托杆。这两根杆子都向前被掰弯了，支棱在挡风玻璃前面，车子一开动，它们就像犄角一样转起圈儿来。我们一开始觉得挺好笑，开了一会儿后又觉得有些伤感。第二天，弗拉多把它们全拆了。

酒店的前门被木板钉死了，必须走侧门才能进去。弗拉多每次都会开车绕到酒店后面，这样能尽可能地避开狙击手的射击范围。快要开到侧门时，弗拉多总要越过一段路缘石。每当他这么干的时候，我都觉得轮胎马上就要爆炸了。

在离开的前一天，我决定一个人到距离酒店几个街区外的地方去。我以为那是一个足够安全的地点，准备在那里拍摄一段电视新闻记者所谓的"单口"——记者直接对着摄像机讲话的报道形式。可是，我刚刚支起三脚架，就听到一声刺耳的爆裂声。我连忙回头，看到身边的一根立柱上掉下来一片瓷砖。就在它落地的同时，我突然意识到，那是被子弹打下来的。有人开枪了，我不知道他们的目标是不是我，但这已经不重要了。我迅速逃到附近的一座建筑后面，自动步枪的弹雨在我刚才站立的区域倾泻而下。我用录像机拍了一部分，并且对着镜头讲述了自己看到的事情。录像里我的脸惨白得像个死人，然而，我最近重看那些录像的时候，注意到了一件自己完全没有印象的事情：当时的我脸上居然挂着一丝笑意。

有时，某些最危险的地方感觉也没那么糟糕。在巴格达，有些时候你甚至会相信什么都不能伤害你。你裹着"凯夫拉"防弹衣，臃肿得像个B级片里的机器人，透过双层玻璃的防弹车窗窥探着外面的尘埃和腐朽，以及水泥筑成的防爆屏障。你看着街上那些人，想着谁是好人，谁又是坏人；谁能活下去，谁又即将丧命。你周围都是些胸肌发达、衬衣下面藏着防弹陶瓷板的家伙，他们的手里端着拉开了保险的机枪，谁知道他们的包里装着什么东西呢？

你被困在一个绝对安全的气泡中，无法脱身——被荷枪实弹的保镖围着，完全没有在街上停留的时间，你很难判断到底发生了什么。防弹玻璃能挡住危险，也会让你迷惑。恐惧足以改变一切。

那是2005年1月底，我来到伊拉克，为CNN报道临时政府选举的情况。沿着被美军称为"爱尔兰路"的高速道，我们从巴格达机场开车进城。

"人们都说，这是全世界最危险的一条路。"我们的司机说。

"人们总是这么说。"我答道，话音未落就感觉自己像个浑蛋。

每场战争都会有这么一条路，一条"最危险、地雷最多"的路。我不知道你要如何判断。

巴格达的"爱尔兰路"连接了机场与"绿区①"，它只有八英里长，其中有两英里尤其危险。狙击手、土制炸弹、埋伏、自杀式袭击——所有你想得到的危险都可能在"爱尔兰路"上出现。虽然美军士兵会定期在路上及周边巡逻，可是

① 2003年伊拉克战争开始后，美军在巴格达市中心划出的特殊区域，是当时安保最严密的地方。

袭击事件还是会发生。

自从《华尔街日报》的记者丹尼尔·珀尔于2002年在巴基斯坦被绑架谋杀，新闻机构越来越重视安保问题。在巴格达，绝大多数美国主流新闻媒体都与私人安保公司签订了合同。来机场接你的都是背肌发达的大块头，在握手问候前会先塞给你一件防弹背心。

CNN签约的安保公司提供的安保人员是退役的英国特种部队士兵——都是些训练有素的硬汉，他们做过的事情你甚至难以想象，他们去过的地方你可能从来没有听说过。这些安保人员很少谈及过去的经历，但是，他们会不假思索地告诉你：巴格达的情况是他们见过最糟的。

巴格达城里到处都是安保公司的"合同工"——一支由超过一万名私人保镖组成的隐形大军。在其他时代或者其他地方，他们应该被称为雇佣兵，但在这里，"合同工"是个更受欢迎的说法。

"看那边那个大兵，"我的安保指着一个正在装路障的"合同工"对我说，"他的装备可真全。"

你在"合同工"里能看到各种各样的人，从经验丰富却行事低调的前海军陆战队队员，到你看着就想退避三舍的"周末战士[①]"。后者穿戴着忍者一样的装备招摇过市：突击

---

① 对美国陆军或空军国民警卫队成员的戏称。

队背心、护膝，大腿上挂着手枪，靴筒里插着匕首，手里端着上了膛的机枪。他们身材发福，时运不佳。所以，对这群人来说，伊拉克战争可以说打得正是时候，在这里待上一年就能挣到二十万美元。让我最不安的是那些南非人——那些南非白人：金发、寸头、小树一样粗壮的大腿，他们来到这里只为了钱和在前线为所欲为的自由。我的一个安保人员抱怨过他们的无法无天。

"我看见几个南非人开枪打在了他们的车后面一辆小车的散热器罩板上，"他一边说一边轻轻地摇了摇头，"完全没有理由，他们这么干只是因为他们可以。"

从机场进城的车上没有多少人聊天，我准备拍一些关于在"爱尔兰路"上行驶的资料。我打算拍下我的安保们以及前往巴格达的路上的种种状况。可是，我刚拿出摄像机，他们就强烈要求我把它收起来。安保不希望别人知道他们是谁。

哪怕是坐在带装甲的车子里，我们也必须穿着防弹背心。假如我们遭遇伏击，袭击者很有可能让汽车抛锚，让我们不得不下车，这时候防弹背心就派上用场了。安保们定时把我们的位置发送给CNN的办公室，这样一来，就算我们被绑架了，CNN至少也能知道发生了什么。

成千上万的伊拉克人每天都要经过"爱尔兰路"，路上的车流时开时停，不时有车辆从路基上看不到的匝道开进来。这种地方往往就是袭击高发的区域。

我们开得很快，并且时刻留意着其他车辆。一辆小轿车突然不知从哪里钻了出来，加快速度，追逐着我们的车。我们瞪大了眼睛，纷纷转身去看。

"总共四个人，很年轻，留着胡子。"一个安保对着对讲机说。

"'阿里巴巴'。"另一个安保人员说了个这里的人对坏家伙的通用称呼。

我们保持着紧张的状态，准备随时应对袭击，可是，什么都没有发生。那辆车拐了个弯开走了，另一辆车又跟了上来。过了一会儿，我不再关注那些车子了，防弹背心底下狂跳不止的心也终于平静下来。

"我觉得这条路是世界上最危险的，你知道吗？"我们的司机微笑着问我。

"是的，我知道。"我答道，"多谢提醒。"

这段对话发生在我前往萨拉热窝的路上。我记得，那应该是1994年，也就是战争开始后的第三年。这次我配了一辆带装甲的路虎车。机场已经被迫关闭——炮击事件过于频繁，埋伏着的狙击手也太多了。唯一的一条进入萨拉热窝城的路需要盘桓着翻过伊格曼山，那是一条尘土飞扬的狭窄小道，满地碎石，还有很多一百八十度的掉头弯。我虽然不太想承认，但当时的确被这条路吓得不轻。我们不时能看到路边布满弹痕、锈迹斑斑的卡车残骸，它们给这趟旅程平添了一丝《现代启示录》^①的气息。

最开始的时候，每到一个拐弯，我都会不停地问司机："前面那段路有这么危险吗？"

司机只是笑笑。过了一会儿，我不再问了。因为每段路都是这么危险，根本没有讨论的必要。你唯一能做的就是好好地坐在位置上，希望晨雾慢一些散去，好多给你提供一阵掩护；或者希望那些塞族狙击手宿醉得太厉害，开枪的时候没法儿瞄准。运气、命运、上帝——只要能保佑你平安下山，你就什么都愿意相信。我宁愿信仰"碰撞"乐队，不过，以防万一，我还是对上帝许下了几个誓言（我总是喜欢准备充分）。司机看起来有点儿疯，那可能是躁郁症的表现，不过，这在萨拉热窝算不上反常。他是个高大、秃顶、相貌非常体面的波斯尼亚族人，我们遇到的每个女人他都想睡，而且似乎最后总能得手。每天早上，当我爬上那辆路虎车时，经常能在我的座位上找到用过的避孕套。

"老天，你非得在车上做爱不可吗？"跟他见面时，我往往是这样打招呼的。

"我知道，"他会这么答道，"可是我还能怎么办？这是能来一炮的最安全的地方了。"

我很难与他的这种逻辑争辩。如果是在别的地方，和他一起工作可能会让我很困扰，可是，在萨拉热窝——尤其是在伊格曼山的路上——他正是我最需要的那种司机。他开得很快，但是，当路况变差时，他会减速慢行。有时他会痛骂那些塞族人，骂他们的母亲是豺狼、女儿是婊子，这通常意味着我们当下行驶的路段尤其糟糕。每当他开始骂骂咧咧，我就会把安全带系紧。

最后一次走伊格曼山里的那条小路时，我在反光镜里打量了一下自己的模样。车上的卡带播放器大声地放着《查理不会冲浪》①，我的脸看起来一点儿血色也没有，紧锁着眉头，嘴角挂着一丝僵硬而疯狂的苦笑。当我们终于到达市区时，我唯一能做的事就是放声大笑。司机像看疯子一样看着我，不过很快也开始大笑起来。

只看报纸上的头条和照片的话，你一定会相信伊拉克正处于全面混乱中，然而，真相实际上要复杂得多。我是在第一次为CNN的采访任务而来到这里时认识到这一点的。那是2004年6月，我前往伊拉克报道联合部队将权力移交给伊拉克临时政府。我跟随负责"爱尔兰路"安全的美军第一骑兵

---

① 《现代启示录》中的著名台词，也是"碰撞"乐队的一首致敬这部电影与这句台词的歌曲。

师进行了一次例行巡逻——穿着系扣皮夹克，坐在军用悍马装甲车上。

"这里真的没有电视上看着那么糟，"一个年轻的士兵告诉我，"当然，有时候是有人会挨枪子儿。不过，绝大多数时候都挺无聊的。"

在电视新闻里，他们会直接快进到最有戏剧性的部分，对枯燥而平淡的时刻只字不提。巡逻的情况则刚好相反：时间似乎过得很慢，很容易让人放松警惕。路上的温度差不多有华氏110度[1]，那些年轻的预备役士兵汗流浃背，迷彩背心和军用护目镜下的身体全都湿透了。在巴格达，你看不到任何人的双眼。

"我比玩命读文书的E-6大头兵[2]出的汗还多呢。"瑞安·彼得森拿自己的参谋军士开着玩笑，双手一刻也不敢离开悍马车后排安装的那挺机枪。两个月前，彼得森在一次巡逻中遭遇了伏击，他深知自己完全无法阻止这种事件再次发生。卡车的钢板装甲只到彼得森的腰，所以，和他一起站在车后面时，我们实际上是完全暴露的。但是，也没有别的选择了。

"你对伊拉克怎么看？"我问他。

"这个地方？"他耸了耸肩，像第一次留意这里一样环顾

---

① 约43摄氏度。
② 指参谋军士或陆军中士。

四周，"现在这种时候，什么都有可能发生。"

我没有追问他是否真的关心这一切。

"如果真到了子弹横飞的时候，"军士长詹姆斯·罗斯告诉我，"那些'呼啊''全军一致'之类的口号就全不知道跑到哪里去了。你关心的就只有你身边的这几个兵，仅此而已。"罗斯对这一点当然非常了解：遭遇伏击的时候，他不得不顶着敌人的火力穿过一片没有遮蔽的开阔地。而他现在坚信自己可以活着离开伊拉克。

"我也不知道为什么，"他轻轻地对我说，"我就是有这个感觉。"

那天，巡逻队的任务是搜寻土制炸弹以及给"爱尔兰路"周边的居民送水。这差不多也是他们每天的例行公事。

"这算是什么赢得民心的计划吗？"我这样向一位军官问道。

他大笑起来。"我们可没想着收买人心，"他说，"那根本就行不通。我们只是试着得到尽可能多的人的认同而已。眼下我们也只能做这么多了。"

军方会给当地领袖拨款，搞一些建筑工程，让男人有活儿干。他们还会给孩子们发漫画书，给成年人发香烟，烟盒上印着免费拨打的联络电话。如果当地人想检举自己的邻居，只要拨打这个号码就好。

十个小时后，巡逻结束了。士兵们收拾起武器，拖着疲惫的身体回到戒备森严的驻地。他们会抓紧时间睡上几个小时，第二天继续做同样的工作。我返回位于"巴勒斯坦"酒店的CNN办公室，感觉自己浪费了一整天的时间。巡逻中什么事情都没有发生。我刚走进房间，就听见电话响个不停，卫星电话另一头的制作人们大呼小叫地想要证实一些消息。伊拉克的多个城市先后发生了针对警察局的有组织袭击，已有数十人在袭击中丧生。那天晚上美国电视上的新闻报道和第二天报纸的头条都是"伊拉克发生爆炸袭击"。

一开始，我简直气坏了，我居然因为跟拍那次无聊的巡逻而错过了这种新闻。然后，我突然意识到，这件事给我上了一课，让我更明白自己应该报道什么、看新闻的人应该看到伊拉克发生的什么。伊拉克不是所有地方都发生了爆炸，至少巴格达市内我活动的那个地区就没事。头条新闻是"两百加仑饮用水被送到巴格达机场附近的居民区"的话也没错，不过是否同等重要就具有争议了。早些时候那个士兵对我说的话还是很有道理的，有时候，伊拉克确实和电视上看到的不一样。

在2005年的巴格达，你不能做的事比能做的事要多得多。你不能做的事包括：去餐厅吃饭，去看电影，叫出租车，在晚上出门，沿着一条街走到头，站在人群中，在一个地点停留太久，每次都走同一条路，遭遇堵车，晚上睡觉前忘记用家具堵上房门，用对讲机说话时忘记用暗语，在没有荷枪实弹的安保的陪同下出门，忘带通信设备、身份证件、防弹背心，或者在没有车队护送的前提下前往任何地方。你永远不能忘记，你在这里是敌人眼中的目标。

除了这些之外，其他的都不算太糟。

那是临时政府选举的两天前，这场选举要么会成为民主的里程碑，要么会彻底沦为一场毫无意义的故作姿态，这取决于你的政治立场。安保情况看起来似乎好了一些，不过现在一切都还很难讲。街上的伊拉克士兵更多了，可是，万一真的爆发了战斗，没人知道他们到底能不能派上用场。

当然也有真正信念坚定的人，他们躲藏在高墙和铁丝网后面，在市中心保护最严密的"绿区"里扎营：平民、士兵、规划者、阴谋家，每个人都打算对当前的局势作出反馈。"绿区"是城中之城，被高墙与城市的其他地方隔开，周围一连好几英里全是防爆屏障和几英寸厚的隔离墙。你可以在那里见几位军官，他们会用柱状图和饼图给你讲解当前的局势：举行了多少次军事行动，又遭受了多少次叛乱分子的袭击。"绿区"的一切看起来都整洁明快，外面的世界却与此截然相反。

我坐在一辆带装甲的悍马车上，行驶于巴格达的市中心。

"当地人总是把破烂扔到街上，想要减慢我们的速度。"托马斯·帕格斯利上尉说道。

就在那天晚上，他所在的旅中有一名士兵被杀害，另一名躺在医院里接受手术。"你会失去士兵，这感觉糟透了，可是你得继续往前走。"他一边说，一边用双眼扫视着道路两侧，"我想，这个旅里没有哪个部门没出过至少一起死亡事件，每次你出去执行任务，都会不由自主地想起这一点。但你还有工作要做，选举的结果会决定我们在这里行动的重点，所以，我们只能全力以赴，尽我们所能做到最好。"

帕格斯利上尉手下有几个排的伊拉克国民卫队，他们的任务是在选举前保卫投票站的安全。

"这里看上去挺平静的。"我随口自言自语道。

"第一颗子弹飞出来之前看起来都挺平静的。"一个声音在黑暗中答道。

帕格斯利上尉隶属于第一骑兵师第五旅的阿尔法炮兵连，他是一名野战炮兵指挥官，可巴格达并不需要这样的部队。它需要的是地面部队。于是，在一段简短的"过渡"后，帕格斯利和他的手下被重组为机械化轻步兵。

"我以为这里应该全是沙漠呢，"帕格斯利说起自己对伊拉克的印象，"结果居然不是这样。"他每过几秒钟都要停下来对自己的机枪手克里斯·马克斯菲尔德喊几句指令，后者半个身子探出装甲车顶，守着一挺12.7毫米口径的机枪，手里抓着探照灯。

"有什么情况？拿探照灯照照！"帕格斯利大喊大叫地

指示司机前进的方向，"绕过去！看着点儿！从左边绕个大圈！离那玩意儿远点儿！"

他们时刻留意的是土制炸弹，如今这些炸弹变得越来越复杂，杀伤力也越来越大。美军士兵在废弃的汽车、垃圾堆甚至路边死狗的尸体里都找到过这种炸弹。

"我们建什么，他们跟着炸什么。"帕格斯利说，脑子里回想着最近的一系列袭击事件，"我们的居民顾问委员会被炸了两次，同一个街角的伊拉克警察局也被炸了，还有伊拉克政府正在给孩子们建的青少年中心——那个也被人炸了。我们得把这些地方重新建起来。"

"有时候，情况看起来好像有点儿起色，然而很快就又全完了。"马克斯菲尔德晚些时候告诉我，"然后你得重新开始，把那些重建项目重新做一遍，到头来一切还是要回到原点。我倒不怎么在意，我只关心什么时候能回家。"

马克斯菲尔德二十四岁，他在这里的服役期限只剩下一个月了。他计划到时候退伍去读大学。

在巡逻途中，总有些军官想要向你推销他们的故事。那都是些活跃又乐观的西点军校生，喝了很多迷魂汤，并且都学过"如何应对媒体"这门课程。他们总是着眼于大局。如果你随便问一个普通士兵和伊拉克人一起工作是什么感觉，他很有可能跟你说"他们连一坨屎都不如"；如果你拿同样的问题问这些军官，那就是另外一套说法了。"我们和伊拉克伙伴合作得十分顺利。"他们会这样说。而真相可能介于二者之间吧。

当我们到达投票站的时候，伊拉克士兵乱成了一片。他们没想到自己需要在这里看守一夜，还得不到补给。"我知道，这感觉糟透了。"帕格斯利上尉告诉他们，"我们会尽量给你们弄些手电筒和折叠床来。"

几个街区外，帕格斯利发现一个伊拉克士兵正在跳舞。"嘿，干活儿去！"他喊道，"你还有活儿要干呢！"

"任何能体现出一点儿进展的东西都是潜在的目标。"亚当·雅各布斯中尉告诉我。他不仅担心伊拉克军队和叛乱分子，也担心自己手下那群年轻的士兵无法保持专注。"他们的积极性很难调动，"他说，"我只能试着提醒他们，让他们明白自己在做什么。这些事情现在看起来可能很无趣，但都具有更深远的意义。就算只是站在房顶上盯着下面稀疏的车流，他们也应该想到这里未来的繁荣景象。"

坐在黑漆漆的装甲车里，你确实会发自内心地对这些小伙子产生一种敬佩之情。记者可以离开，采访一结束就可以走人，这些年轻人却要长期驻扎在这里。他们没日没夜地工作，日复一日地巡逻，这样的日子似乎看不到尽头。

在另一个投票站外，一个戴着头套的伊拉克国民警卫队士兵孤零零地站在那里，凝视着阴沉的夜色。他的双眼紧张地四处扫视，这也是他黑色面罩下唯一可见的部分。街道上回荡着枪声。

我回到一个名为"胜利"的基地，这里有好几排拖车：一家汉堡王和一家大型军需服务社。你可以在服务社里买到电视、音响以及印着"谁是你的巴格达老爹？"的T恤衫。你也可以站在过道里，闭上眼睛，听听店里放的背景音乐。有那么一瞬间，你仿佛回到了美国。虽然这种错觉不会持续很长时间，但它的确让人感觉挺好。

在汉堡王拖车周围，来自美国各地的士兵都在这里吃着垃圾食品放松。一班来自华盛顿的预备役士兵坐在一辆拖车的阴影下，正在舔手指上刚吃完的芝士汉堡留下的酱汁。他们灰头土脸，浑身脏兮兮的，皮肤早已被几天以来的烈日晒伤。

"待在这个破地方真他妈的活受罪。"一个士兵对我说。我没有问他什么时候才能回家，他自己一定不知道，我又何必给他找不痛快呢？

1993年，我第一次来到萨拉热窝的时候，总是穿着防弹衣，就算是睡觉的时候也把它放在枕头边。可是，去过几次后，我就再也不穿了。我会把它放在车里，去别人家里的时候从来不穿。我身边的波斯尼亚人一点儿防护措施都没有，这让我感觉把自己裹得严严实实的不太合适。我希望这些人可以与我分享他们的故事，希望他们愿意对我敞开心扉。如果我自己都不能卸下所有防护，又怎么能要求别人这样做呢？不穿防弹背心的时候，我可以感受到吹拂在身体上的微风，感觉与他人的距离更近，能够在与每个人拥抱时读出失去所带来的伤痛。

一天早上，我遇到了一个名叫埃尔蒂娜的年轻女子，当时她要去水泵边取水。这趟路程她每天都要走上五六次，双手交替提着沉重的塑料水桶。埃尔蒂娜邀请我去她家做客，她同父亲和祖母一起住在一栋没有电梯的小公寓里。

公寓里只有三个房间，我们一起坐在其中一间里。窗户上钉着厚厚的塑料板，它们的边角被直往房间里灌的狂风吹得翻折起来。老祖母拨弄着炉子里的一团小火。

埃尔蒂娜在窗台上放了一颗西红柿。我留意到那颗西红柿异常美丽，它红润而饱满，在萨拉热窝的灰砖和铁锈之间格外抢眼。

"天堂就是一颗西红柿，"祖母说道，小心翼翼地拾起那颗熟透的果实，"天堂就是这颗西红柿。"她的双眼一闪一闪地映着小炉子里木柴燃烧的火光。

埃尔蒂娜的父亲又高又瘦，面容憔悴，满脸都是那年我在萨拉热窝的许多男子脸上见过的一种神情。他花白的头发油乎乎的，食指上带着长期吸烟留下的痕迹。他的微笑总是简短而局促，只是微微地露一下牙齿，然后立刻深深地吸一口烟。他的手里总是夹着一支点燃的香烟。埃尔蒂娜的母亲和姐姐离开了萨拉热窝，她相信她们应该已经到了欧洲的某个地方，和亲戚待在一起。但是，她已经好几个月没听到她们的消息了。

"养家可真是不容易，"埃尔蒂娜的父亲说，能听出来他有些戒备，"我尽量保证食物和用电不出问题。现在这个形势下，我只有尽我所能。"

在战争爆发前，他曾经是一名司机。他给我看了相册，里面都是过去他们的生活还很好的时候拍的照片：全家一起去海边游玩，有烛光和红酒的晚餐聚会。

埃尔蒂娜和她的祖母看起来很坚强，我感觉她们应该可以撑到战争结束。至于她的父亲，我就不那么确定了。他的样子让我想起我的父亲，想起他心脏病发作后我唯——次去医院探视时看到的模样。

"有一天，我在塞族的前线队伍里看到了我最好的朋友。"埃尔蒂娜的父亲告诉我，"我那时候完全可以开枪打他的。"

"那你开枪了吗？"

"没有，"他顿了顿，似乎因为承认这一点而有些羞愧，"我当时太震惊了。"

埃尔蒂娜为了我的来访而特意打扮了一番。她脱掉了我们相遇时穿的那件沾了污点的灰色外套，换上了一件毛衣，又系了一条鲜艳的头巾。她化了妆，想要遮住脸上的雀斑。埃尔蒂娜很漂亮，我忍不住想象她前一天晚上在睡前特意把好衣服找出来摆好的样子。当她的父亲讲话的时候，她一直看着我，不断地给我的杯子续水，想要确保我在这里待得舒适。我尽量不多看她，她眼睛里的希望让我伤感。

埃尔蒂娜的男友是一名士兵。她给我看了他的照片，那是一个结实的男孩和一个朋友的合影，两个小伙子都穿着厚厚的羊毛制服，用配枪向镜头的方向比画着。

"他失踪差不多一年了。"她看着照片对我说，"有时候我会梦见他，梦见他被俘虏了，关在集中营里。"

"他死了，"埃尔蒂娜的父亲后来告诉我，当时埃尔蒂娜离得不远，能够听见我们说话，"有人看见他死了。他们只是一直没能把他的尸体带回来。他现在可能还在前线附近的某个战场上躺着呢。"

埃尔蒂娜把她的孩子从火炉边的摇篮里抱了过来。她的男友没能看到自己的儿子，把熟睡的婴孩抱在怀里的时候，这个念头在我的脑海里挥之不去。

我在想，假如我的小家庭在萨拉热窝的话，会怎么样呢？我的母亲能不能像这里的许多妇女一样，在战争爆发后为了糊口而把家产一点点地拿到集市上变卖？我有没有能力供养她，同时照顾好自己？

我准备动身离开的时候，发现埃尔蒂娜的老祖母在偷偷地抹眼泪。我一开始完全没看到她的泪水——在她苍白而布满皱纹的脸上，泪水显得模糊不清——直到她抬手擦脸，我才看到她手背上的泪光。她让我想起童年照顾我的保姆。保姆的名字叫梅，和我们告别的时候，她哭得很伤心。梅从我出生起就开始照顾我，可是，等到我上了高中，她就不得不离开去找一份新工作了。我不想让她走，却什么也做不了。梅离开后，我好几天都说不出话来。

我向埃尔蒂娜和她的父亲告别，又紧紧地握了握老祖母的手，祝她健康长寿。我在盘子里留了一些德国马克，然后迅速下了楼。被踩碎的玻璃碴在我的脚下咯吱作响，强行忍住的眼泪在我的咽喉中灼热地翻涌。

巴格达的耶尔穆克医院正在为即将举行的临时选举做着准备，他们额外预备了大量血浆与床位。在医院的后面，员工正在冲洗担架上的血迹。我被告知只能在耶尔穆克医院停留半个小时，一个CNN的安保人员站在我身边随时待命，其他携带武器的安保则在外面的街道上把守。9月，这家医院成为一起自杀式炸弹袭击的目标，六人在爆炸中丧生，二十一人受伤。我的安保人员不愿意冒任何风险。

耶尔穆克医院的急诊室可能是全伊拉克最繁忙的，才过中午，这里已经人满为患了。

"今天早上，一个警察局被汽车炸弹袭击，有些伤员被送到这里来了。"兰纳·阿卜杜尔·卡里姆医生一边对我说着，一边查看身旁担架推车上一个连连惨叫的男子的各项指标。

这个伤者刚被送走，立刻就有另一个伤者被人推进来。担架推车的轮子轧过一摊血泊，划出一道长长的印迹。

"这个人身上有多处枪伤，"卡里姆医生说，"另一个伤者已经进手术室了，还有一个在那边躺着。有几个人只是受了些皮外伤，我们简单处理后就让他们离开了。"

刚刚送进来的那名伤员被安置在房间正中，几名护士正忙着擦拭他腿上的一个弹孔。他原本正在开车，不料被卷入了一场交火。他的血滴得满地都是，活像一幅杰克逊·波洛克的抽象泼墨画，旁边有一只沾满血迹的凉鞋。

我到医院来是为了采访人们对即将到来的选举有何反响。我本应该采访卡里姆医生，问问她如何看待和平的前景。我已经知道她会怎么回答了，可我必须抛出这个问题。

"老天，别在这里谈什么和平，千万别在这里谈什么和平。"她恶狠狠地吐出这句话，就好像言语会把令人作呕的余味留在她的嘴里一样，"十年后，没准儿我们能稍微得到一点点和平吧。在今天的伊拉克，我们早忘了和平是什么玩意儿了。"

卡里姆医生在镜头前显得很不耐烦，她很明显已经受够了那些提问的记者，以及他们不断地试图把答案引向某种从未发生过的改变的暗示。于是我开始问她其他事情，她却只是盯着我看，眼神疲惫而愤怒。我突然想起来自己见过这种眼神。

那是我第一次前往萨拉热窝时发生的事情。1993年是开战后的第一年。一名妇女在"狙击手大道"①附近过马路时遭遇了枪击。在场的人们拦下一辆路过的汽车，把这名妇女抬到车后座上送往医院。我与他们同行，并且一路跟进了急诊室。医生们让我在那里拍了几段录像，他们早已习惯了面对镜头，却再也不相信波斯尼亚的形势会因此发生什么改变。

"还有什么画面是你们没拍过的？"急诊室里的一个男子问我，"还有什么是你们没见过的？还有什么是你们不知道的？我们还有什么话可说？"

我向他道歉，放下了手里的录像机。

"谢谢，"他说，"我觉得我们临死前还是清静点儿比较好。"

最开始的时候，人们还希望你给他们拍照片，把他们的经历转述出去，因为他们还相信这些能带来一些改变，能迫使美国或者欧盟做些什么来给残酷的战争画上句号。"萨拉热窝是个多元化的大都市，"人们总是这么说，"不论你是穆斯林、塞尔维亚人还是克罗地亚人，都一样可以在这里生活。"然而，随着战争的持续，族群之间的隔离越发明显，没有人会再谈起在同一个城市中共处的事情了。已经没有人愿意说什么了。

二十多个青年男女聚集在"基诺"咖啡馆，他们坐在一

---

① 萨拉热窝老城区假日酒店前的一条道路。这家假日酒店在波黑战争期间不仅有很多战地记者驻扎，也成了狙击手藏身的窝点。

间烟雾缭绕的房间里看着美国西部片。影片的音量开得很小，几乎听不见片子里查尔斯·布朗森和李·马文的对白，但配有波斯尼亚语字幕，这种语言曾经被称为塞族克罗地亚语。小伙子们都很瘦削，其中有不少穿着军装。姑娘们打扮得很入时，穿着熨得平整的衣服，发型和妆容都精心打理过。

"哪怕我们马上就要死了，我们也想死的时候漂亮点儿。"二十一岁的塞尔玛告诉我，她说这话时虽然面带笑容，却并不是在开玩笑，"现在考虑未来已经没有意义了。这一切就像玩俄罗斯轮盘赌一样。随时可能有一颗手榴弹落下来把我们都干掉。"

"现在已经不是为死亡哭泣的时候了，"她的一个朋友说，"我们的日子过得太快，一切都可以被遗忘。说遗忘可能不太对，你还是会记得某些被枪打死的人，你只是没时间去想这些事了。"

"那你们都想些什么呢？"我问道。

"想着怎么活下去。你不能对明天抱有什么梦想，"她说，"你现在还活着就行了。你可以想'现在我正在说话'，但你不能说'明天我要去看奶奶'，因为这种事你不可能说得准。"

"在萨拉热窝，每个人都注定会挨枪子儿，"塞尔玛抽了一口烟，"所有人早晚都会轮到。他们只能等着，想着'什么时候轮到我呢？'"

我第一次离开萨拉热窝的时候，在开车去机场的路上看到一小片空地上聚集了一群衣衫褴褛的男人和小孩，不由得减速去看了个究竟。一辆停在边上的卡车开着大灯，大灯的强光勾勒出几个剪影。那是两条纠缠成一团的斗牛犬，其中一条狗的大嘴死死地咬住了对手的脖子。有几个男人冲斗牛犬吼着指令，向夜间的清冷空气喷出一阵阵热气，更多人只是在边上看着。

这场决斗没有持续太长时间，体型小一点儿的狗喘不上气，很快就倒了下去。个子大一些的狗依然没有松口，它耐心地等着对手彻底窒息。胜负已分，两条狗被人们拉开。一个男人用手箍住了半死不活的失败者的脖子，他一点点地收紧双手，指缝间渗出鲜血。人群算清了赌金，纷纷散去。一辆满载着波斯尼亚士兵的卡车轰鸣着驶过，把一整车年轻人送上前线，那群人中甚至没有人抬头看一眼。

我第一次作为CNN的记者来到伊拉克时跟拍了J.保罗·布雷默大使两天的行程，他是当时美国驻伊拉克最高级别的外交官。那是2004年6月的事。布雷默正准备把政权移交给第一届伊拉克临时政府，并前往伊拉克北部，最后一次到当地的库尔德领导人那里做做样子。

布雷默身边永远有荷枪实弹的保卫人员，他们都是退役的特种部队士兵，彼时归属于一家名为"黑水"的私人安保公司。我们被允许与布雷默同行，跟着他到任何地方，并且在路上对他进行采访。可是，黑水公司的安保似乎不管这一套。他们一得到机会，就拿胳膊肘把我的摄像师尼尔·霍尔斯沃思推开，看起来一副乐在其中的样子。

"可别让我找到理由。"安保公司的头儿一遍又一遍低声地对尼尔说。

"干什么的理由？开枪打你？"当尼尔把这件事告诉我的时候，我问他。

"我觉得是。"他大笑着说。

"好吧，如果他确实对你开枪的话，"我说，"你可一定得录下来。那会是我们今天能拍到的最刺激的画面。"

布雷默总是穿着商务西装，配以上过浆的衬衫和法国袖扣。他对尘土飞扬的伊拉克唯一的妥协就是脚上那双沙漠作战靴。他总是在路上，身边围着一群安保人员、藤校毕业的年轻助手以及作风老派的先遣人员。在一段旅途中，我和他的先遣人员团队坐在同一辆大巴上，他们的头儿告诉我，他曾经在得克萨斯州为布什家族效力，现在则负责让布雷默的工作运转顺利。我们一路上都有库尔德警车和载着安保人员的大巴护送，保卫车队看起来接近一英里长。

"这样挺好的，没必要保持低调了。"那位先遣人员一边大笑着说，一边向大巴窗外张望。路边有许多骑摩托车的库尔德人，他们愤怒地坐在车上，等着我们的车队过去。

"千万别在意，"先遣人员开玩笑似的对窗外喊道，"这都是约翰·克里①的主意。给克里投票吧！"

布雷默说的话没什么新闻价值，因为他毕竟是个外交官，不能做出任何有悖于外交规范的行为。他离开伊拉克后写了一本书，在书里指出伊拉克的地面部队远远不够，可他在驻留期间从来没有发表过类似的激烈言论。

一队黑鹰直升机护卫着布雷默的座机，庞大的螺旋桨划过空气，天空似乎都因为美国的强大力量而震颤。坐在直升机里的时候，你的身体会抖个不停，让你觉得皮肤发痒。黑鹰直升机的门是敞开的。你的双脚悬在空中，发动机的热浪一阵阵扑向你的脸，把你的嘴唇烤得干裂。布雷默乘坐的直升机飞得很低，离地只有大约五十英尺②。在这么短的距离里，火箭弹无法发挥作用，至少据说是这样。他们只会在遇到高压线的时候上升一点儿，开过去后就立刻把高度降低。把守在门口的枪手会对着下面扫射一阵，只为了确认机枪运转正常。

在一个库尔德城市里，布雷默的安保人员和伊拉克记者之间爆发了一场冲突。愤怒的记者们一拥而出，拒绝继续报道他的新闻发布会。布雷默原本准备从后门溜走，但他的先遣人员认为这样影响不好，并建议他去会见库尔德记者，布

---

① 2004年，约翰·克里获民主党提名为该党2004年美国总统选举的候选人，同当时的在任总统小布什竞选美国总统一职。
② 约15米。

雷默就在走廊里和他们开了一场临时发布会。人群中，一个库尔德少年刚刚对我讲完他觉得美国多伟大，可是，当他想把一面小小的库尔德旗帜交给大使的时候，安保人员把他的手打了回去。

返回巴格达的路上，我被告知可以和布雷默一起乘坐他的那架黑鹰直升机，并且坐在他的身边。这是个绝好的拍照机会：我与这位大人物并肩坐着。然而事实上，因为螺旋桨的声音太大，谈话根本是不可能的。何况布雷默戴着耳塞，看起来完全没有兴趣跟我谈话。我最终只是对他微笑了几次，看着他签了几百份给联盟驻伊拉克临时管理当局人员的表彰信。助手递给他一摞信件，他潦草地给每封信签上自己的名字，带白宫标志的袖扣反射着落日的余晖。我们的身边围着三个黑水公司的枪手，其他直升机里应该还有几十个。坐在我身边的安保人员胳膊上文着毛利风格的图案，他正读着一本被翻得破破烂烂的简装书。一开始，我看不清那是本什么书，当他翻页的时候，我瞟了一眼书名——《如何赢得友谊并影响他人》。

2005年，临时总统选举在巴格达举行的前一天，伊拉克安保部队正处于高度警惕的状态。在城市里行动变得异常艰难，因为到处都是路障。我花了很长时间才从CNN在一片戒备森严的区域租用的几间小房子里走出来。

有时巴格达看起来没有那么危险，不过，往往在你开始这么想的时候，一颗炸弹就有可能在鬼知道什么地方爆炸，或者有人遭遇绑架。坐在办公室里，你会看到一串串数字蹦到你的电脑屏幕上，那都是得不到播出机会的新闻，无休无止：三个警察被绑架，一名伊拉克士兵被杀害，一颗炸弹被扔进商店，一名外科医生在家门口中弹身亡。没有姓名，只有尸体。微小的恐怖事件太多了，过不了多久，你就会把它们全部抛在脑后。

　　绝大多数记者都住在几家大饭店里。2004年，我第一次以CNN记者的身份来到伊拉克的时候住在巴勒斯坦酒店，那里的安全状况越来越糟，我们只能另寻住处。巴勒斯坦酒店的屋顶上到处都是临时搭成的小棚子，就像迷宫一样。新闻记者们会租下这些小棚子，在里面进行报道。这样一来，他们就能以菲尔多斯广场作为背景，这个广场就是那尊萨达姆雕像被推倒的地方。晚上，如果你站在屋顶，摄像用的大灯照着你的脸，你很容易就会成为一个颇具诱惑力的目标。有时安保人员不得不站在楼顶边缘的阴影里，时刻提防着狙击手。

　　酒店大堂里有一家脏兮兮的礼品店，里面有些俗气的纪念品：落满灰尘的小刀以及廉价的铁皮盒子。我买了几个印着萨达姆画像的小盒子，绝大多数和萨达姆有关的纪念品都在很久之前被撤下去了。

　　巴勒斯坦酒店的电梯慢得像蜗牛。等电梯的时候，人们以闲谈的口吻交换着死亡数字。我第一次在那里坐电梯时，身旁一个脚踩"勃肯"牌软木底凉拖鞋、端着摄像机的韩国女人对一个肤色黝黑、把一头银发梳成背头的美国人耳语道："你听说了吗？死了三个伊拉克人，土炸弹。"

"是啊，摩苏尔还有两个警察被杀了。"美国人答道。

2004年，当我住在巴勒斯坦酒店的时候，有一天早上，保安警告我们有可能会发生袭击。"我们刚刚得到报告，可能会有人逐个儿检查每间房间，然后杀掉所有不是穆斯林的人。"一个保安告诉我。几个星期前，沙特阿拉伯刚刚发生过类似的事件，所以它听起来离我们不算遥远。

"我们有个主意，"他一边自信满满地告诉我，一边递给我两大块木条，"晚上用这个把门别住。"

"就这两块木头？"我不禁问道，"就这么两块二乘四的木头？你们没有科技含量更高的东西？"

他耸耸肩，用一种看软蛋的眼神看着我。当然，我也的确胆小。

我们担心的袭击没有发生，不过，在我动身离开的那天早晨，叛乱分子向酒店的方向发射了几枚火箭弹。他们把一辆装了迫击炮的大巴停在距离巴勒斯坦酒店只有几百码远的地方，一枚炮弹打中了隔壁的喜来登饭店，另一枚则击中了附近的巴格达酒店。然而，炮弹的重量掀翻了大巴，绝大多数弹药都在车上爆炸了。两名伊拉克卫兵在爆炸中受伤。

我原本有些担心那天早上收不到叫醒服务，而一发正中我隔壁建筑的火箭弹很明显和我期待的不一样。不过它的确让我用最快的速度从床上爬起来了。

几个小时后，我在停机坪上准备登机，一发迫击炮弹在几百米外落下。爆炸声震耳欲聋，硝烟也清晰可辨。

"不会有事的……不会有事的。"一个十几岁的行李员笑着对我说。时至今日，我都还在等着看他说得到底对不对。

2005年，选举日终于来临的那天，巴格达全城戒严。街上没有汽车来往，到处都是路障。在设置于一所学校的小投票点外，排成一队的男人们耐心地等待着投票开始。路上看不到美军士兵的身影，他们驻扎在附近一座建筑的屋顶上。整个街区都用警戒线拦住了，伊拉克国民卫队士兵把守着一个检查站，另一个则由警察负责。

当我穿过铁丝网路障的时候，一个伊拉克国民警卫队的士兵要求我给他拍张照。他年轻气盛，骄傲地端着自己美国制造的来复枪，明显为自己的职责感到非常自豪，就像绝大多数部队士兵一样。

"这把枪啊，"他拍着手中的来复枪对我说，"能打得那些端着火箭筒、感觉自己是个人物的大男人像海法街上的娘儿们一样到处乱跑。我对天发誓，我要永远这样战斗下去。"

我对他笑了笑，继续往前走。一个水泥墩子上放着五六部手机，这些都是从去投票的人那里没收来的。叛乱分子经常把手机用作炸弹的引爆装置，因此，投票站一律不许携带手机。

　　等待投票的伊拉克人组成的队列静悄悄的。学校的入口处贴着一张海报，上面写着："不要生活在恐惧之中，如果你有任何恐怖分子的信息，举报可以让你得到奖赏。"

　　人们投过票后，要把食指在一瓶墨水里蘸一下，以此来表示他们已经履行了自己的义务。很多人走出学校的投票点时都高高地举着沾了墨水的手指，对我的镜头露出微笑。

　　"所有的流血牺牲都是值得的，"一个男子盯着自己的手指说道，"这将决定这个国家和人民的命运。投票的感觉真是太好了。"

　　一名一身黑衣、双腿因疾病而浮肿的妇女坐在轮椅上，被她的儿子从投票站里推了出来。她的名字叫巴德丽雅·弗拉伊赫，已有九十岁高龄。当我走近她身边的时候，她举起自己沾着墨迹的食指。

　　"我一点儿都不害怕。"她说，几乎是用力喊出来的，"我昨晚紧张得睡不着觉，来这里投票太激动人心了。愿上天保佑所有伊拉克人，不论是什叶派、逊尼派还是库尔德人，我们都属于同一个国家，我们都是伊拉克人。"

　　她身后排队的男人们立刻鼓掌喝彩。

时间倒退回 1994 年 5 月，索韦托。投票站大门开启时，一群妇女纷纷鼓掌喝彩。投票者的队列穿过南非庞大的贫民窟，我从高处看着，它让我想起一条蜿蜒爬行的黑色巨蛇，曲曲折折地沿着泥泞的小路绕过一片片棚屋。在索韦托的其他投票点，我见过不少喊着口号的年轻姑娘和小伙子，他们三五成群，聚在一起唱歌跳舞。这里的队列却异常安静。这里的男女老少已经等待了太久，再等上几个小时似乎也没有什么关系了。

人们对于黑人在南非重新夺取政权后可能发生的情况有许多猜测。甚至有谣言说，因为担心黑人政权过于严苛，南非白人发动了一场游击战。

就在几周前，我刚刚目睹了一个年轻男子中弹身亡。当时我正在一场因卡塔自由党反对非洲国民大会的示威游行现场，这场示威发生在约翰内斯堡市中心——至少是在市中心彻底崩溃前。藏身在附近建筑里的狙击手对着人群开了几枪，没人知道子弹是从哪个方向来的，更没人知道要往哪个方向逃跑。

"你跑着躲子弹的时候反而更容易被子弹打中。"一个摄像师曾经对我说过。所以我根本就没有逃。

街上乱成了一团，而我站在其中静静观察，从而得以把这片混乱分解成上百个独立的小事件以及上千个彼此不同的瞬间。一个愤怒的老妇人用手杖击打着一幅落在地上的曼德拉竞选海报，海报上写着"让每个人过得更好"的竞选标语。五六个南非警察试图撞开一幢建筑的大门，而一个女警手指搭在霰弹枪的扳机上，在每个窗口中搜寻着枪手的身影。在街道另一端，几个站在妓院门口拉客的亚裔妓女挤在阳台上，穿着低胸的上衣，乳房挤在撑在栏杆上的手肘之间，她们探身张望，想知道街上发生了什么事。

被击中的男孩差不多十五岁，他前胸中了一枪，一动不动地躺在地上，一只红色的运动鞋落在身边——一定是他中弹的时候挣掉了这只鞋子——另一只还穿在他的左脚上，这双鞋没有鞋带。四个穿着防暴服的黑人警察把男孩的尸体拖到一堵水泥墙后面，男孩的脚划过地面，另一只鞋子也掉了下来。他胸前的弹孔很小，弹孔周围只有细细的一圈血痕。

枪击终于停止，警察开始用能找到的一切东西——从毯子到竞选海报——遮盖地上的遗体。我走到几个街区外，找到一家店铺买了些碳酸饮料和水。我坐在马路牙子上，一瓶一瓶地把它们全都喝了下去。置身于混乱中的时候，我完全忘了自己正处于城市的中心，忘了自己的存在，我唯一能感受到的只有肾上腺素的冲击。此时，我坐在路边，那种感觉依然挥之不去，几个小时后才彻底平息。

我之前到过这个街角。那是两年前，我在马路对面下了一辆出租车。出租车的司机是个南非白人，他跟我说了一路黑人为什么不能统治这里。

"艾滋病和公共交通是非洲的救星。"他告诉我。

我是在洛奇街的一家肉铺前坐上他的车的。铺子门前的标牌上写着"肉市"。柜台后的墙上贴着从杂志上撕下来的带裸体照片的插页。

"你知道，黑人男性每周做爱四到五次，"司机煞有介事地说道，"白人男性一周也就一到两次。所以，艾滋病完全可以解决问题。1994年到1997年是艾滋病致死的高峰期。我猜，其中大概百分之八十是黑人，另外百分之二十是白人。不过，这些白人主要是瘾君子、同性恋和自由派。这就足够搞定未来的劳什子黑人政权了。"

我没有和他争辩。那些日子里，每个人都随身带着枪，跟他争论没有任何意义。在选举日的索韦托，我又想起了那个出租车司机和那个中弹身亡的小伙子。我们总是一厢情愿地相信自己可以预测未来，我们同样一厢情愿地认定我们理解当下。而我对这一点深表怀疑。

NIGER:

NIGHT

SWEATS

尼日尔：闷热长夜

我闭上双眼，假装睡着了。或许我的确睡过去了，在非洲，这真的很难判断。我大汗淋漓地蜷缩在肮脏的床单上，满头尘土，嘴里还留着白天工作时吸进去的沙粒。我半梦半醒地想着工作和报道的大纲、情节，在脑内编辑着照片。我喘息着猛然醒来，一时竟不知道自己置身何处，是尼日尔、卢旺达还是索马里？

　　在非洲，有太多画面值得被记录，太多鲜明的反差值得关注。你不可能把它们一一捕捉下来。那感觉就像把头探出正在高速行驶的汽车的车窗一样令人窒息，因为你要接收的信息实在是太多了。私刑处决。空荡荡的床铺。关门停业的店铺。因伤致残的孩子。眼神狂野的枪手。被剥光了所有财物的死尸。撞毁的汽车。集体墓地。粗糙的手制墓碑。到处散落的弹药。饿得半死的野狗。"当心狙击手"的警告像广告一样贴得到处都是。废弃的大巴和厢式车堆在十字路口。老人们穿着僵硬的西服套装，为早已消失的工作走向早已不复存在的办公室。一切都模糊地交织在一起：沙漠、山脉、水稻田、庄稼地，只在你路过时抬头看看的弯腰劳作的农民以及他们彼此交换的眼神，还有那些跑到路上来看着你的孩子。孩子们就那么静静地站着，看不出高兴还是害怕。他们的全部重心都放在脚后跟上，一听到汽车发动机的启动声或是枪响就能立刻逃走。无数房屋——甚至整座城市——都只剩下断壁残垣，屋顶被炸飞，墙壁被烧塌，干裂破碎，了无生机，如同被人活生生地肢解，开膛破肚，剥皮剔骨。

然而，在某些时刻，那种迷失方向的感觉会渐渐消失，你会把它们抛在脑后，继续前行。前方还有冒险在等待着你。生活还在各处进行着，那不是你的生活，你与它却是那样接近。你想要看到那种生活的全部。

你只能在那里待上一个瞬间——真正地沉浸其中，让自己深深陷入其中的悲伤与痛苦，汗湿的衬衫黏在后背上，火热的阳光烧灼着你的后颈——然后你抽身离开，身上牢牢地系着安全带，吹着空调的冷气，手中的玻璃杯里放着冰块。你在地表上空滑翔，开怀大笑。

2005年7月，我身处尼日尔的马拉迪。几天前，我还和朋友们一起在卢旺达度假。我原本打算去看山地大猩猩，再去参观新建成的大屠杀纪念馆。对于很多人来说，这或许算不上什么休闲娱乐。可我是一个不擅长打发闲暇时间的人，海滩总是让我晒伤，而且我一闲下来就很容易感到无聊。在卢旺达的最后几天，我在酒店里看电视，忽然看到一条关于尼日尔发生饥荒的新闻简讯。

"联合国出具的一份报告表示，三百五十万尼日尔人正处于饥荒的威胁中，其中大部分为儿童。"新闻播音员念道，然后继续播报其他新闻。

我立刻给CNN打电话，询问我能不能到尼日尔去。和我同行的朋友们当然很生气，但是也没感觉非常意外，他们已经习惯我在最后一刻抛下他们走人了。

"你为什么非要到尼日尔去不可呢？"一个朋友得知计划有变时问我。

"你为什么不想去呢？"我反问他。

"这个嘛，因为我是个正常人。"他大笑着答道。

我真希望自己知道要怎么跟朋友们解释。那种感觉就像一扇窗突然在你的眼前敞开，让你意识到世界发生了翻天覆地的变化。我想要去亲眼见证饥荒，我必须提醒自己，这种情况真实存在。我担心，假如我的生活过于舒适优越，我会逐渐变得麻木不仁，失去感受的能力。

第二天我就坐飞机上路了，让自己从度假的负担中解放出来，重新往返于各地，投入行动。一切都充满了不确定性，同时又似乎无比清晰。

根据估算的数据，尼日尔是全球最贫困的国家之一。国土的百分之九十是沙漠，就算年景不错，绝大多数国民的生计也十分艰难。尼日尔妇女一生平均生育八次，而每四个孩子中都有一个会在五岁前夭折。每四个孩子里都有一个无法幸存。这数据十分惊人，但是，如果你了解尼日尔人的饮食多么贫乏、医疗资源多么紧缺的话，你可能就不会对此感到意外了。

哪怕对于成年人来说，从播种到收获之间那长达几个月的漫长夏日也是一段难熬的时光。尼日尔人把这段时间称为"饥饿季"，他们只能依靠前一年的存粮勉强支撑过这几个月。2004年，尼日尔遭遇了干旱，紧接着蝗灾侵袭，农作物严重受损，颗粒无收。如今是2005年，前一年自然没有粮食留存下来，人们到处寻找食物，甚至开始用树叶充饥。

飞机在尼日尔着陆，到达跑道尽头时，尼亚美国际机场就无迹可寻了，停机坪两旁只有绵延至地平线的黄沙与灌木。

我身边那个喝了一路杜松子酒的英国商人呆呆地盯着窗外，流下了眼泪。"他们真的一无所有，"他自言自语地嘟囔道，"孩子们都要死了。"

"您有什么事吗？"路过的空乘问他。

"有很多人要死了。"那个商人又说了一遍。

"我知道，"空乘答道，"全世界每天都有很多人要死的。"

他已经没耐心应付醉鬼了。

一开始很难发现饥荒的痕迹。在尼亚美，坑坑洼洼的道路上跑着专人驾驶的奔驰车，里面坐着商人和官员，车窗关得紧紧的。一切似乎都蒙着一层灰尘。

"这算什么饥荒？真是丢人。"我在酒店里听到一个欧洲记者抱怨着，他很担心自己采集到的画面不合新闻编辑部的上司们的心意。电视新闻就是这样，你很清楚自己需要什么样的画面，知道自己应该去寻找什么，并且明白找不到的话老板会很失望。于是，你会跑到医院里逐个儿寻找每张病床，想要找到最恶劣的情况，稍微不那么糟糕的都不行。只是"有点儿饿"完全不够，只是"有点儿病"也就够拿来当个切出镜头。

饥饿当然真实存在，只是需要你近距离观察。从尼亚美到马拉迪的路上，到处都是种着玉米、高粱和黍子的田地。庄稼已经播种，但收获还在很久以后，人们没有足够的食物来支撑到那个时候。成年人可以靠树叶和草根勉强活下去，孩子需要营养，但他们什么都没有。

"还没那么糟糕。"我对制片人查理·摩尔说。这话刚说出口，我就后悔了。

"情况已经够糟了。"查理答道，而他当然是对的。

情况已经够糟了。

"那里的情况非常糟糕。"当我收拾东西的时候，一名空军军官问我，"你准备住在哪里？"

"我不知道！"我喊道，声音听起来似乎充满恐惧。

"'不知道'是什么意思？你不能就这么跑到索马里去。你为谁工作？"我担心他会没收我的假记者证，只好告诉他，我会和一家援助机构待在一起，现在只是还不确定他们的具体位置。然而实际上我既没有固定的住所，也没有给任何人打工。

那是1992年9月初的事了，我当时刚刚乘飞机来到索马里的拜多阿。那时候的我还没有去过萨拉热窝，缅甸之战是我亲历的唯一一场局部冲突。一频道买下我在缅甸拍的所有资料后，我在越南住了六个月，一边在河内上语言课，一边试着继续拍摄新闻。可是，直到我的签证过期，一频道都没有给我一份全职工作。我只好另寻出路。

那时的我二十五岁，比我哥哥再也不会增长的年龄大两岁。我可能一整天都不会想起他自杀的事情，但走在路上时，水泥地上随随便便的一片污迹就可能让我想到血，让我慌忙冲进最近的一家餐馆，蹲在厕所里呕吐起来。

我在越南的时候经常看见哥哥的影子。那往往只是某个在街角或者人群中突然吸引了我的注意力的陌生人，有那么几秒钟的时间，我会以为那就是卡特。

一天傍晚，我坐在河内的一家咖啡馆里，一个残疾的乞丐走到我的面前，他展示着扭曲的残肢向我要钱。我抬头看向他，一瞬间居然看到了卡特的脸。可能是因为他柔和的眼神，也可能是因为他的发型——头发松松散散地从脑袋的一侧垂下来。这个猝不及防的念头让我手足无措。

乞丐离开了，我很想追上去和他聊两句，我在想那会不会真的是卡特回来找我了。我最终只是一动不动地坐在那里。那个念头太荒诞了，我从来没和任何人讲过。它让我自惭形秽，我甚至认为产生这种念头是神经错乱的表现。

让我想起卡特的不仅仅是路人。有一次，我正在河内的住所附近的小吃摊上吃东西，偶然发现小摊的屋顶是用风干压平的树叶铺成的，它看起来很像有一年圣诞节卡特送给我的一个用烟叶做壳子的小盒，颜色和材质几乎一模一样。在那个瞬间，我清晰地回想起了卡特的全部：他身体的形状、他头发的颜色以及他细长的手指。当时，他去世已经四年了，关于他的死我却依然毫无头绪。越南既没有消除我每次照镜子时都能看到的那片阴影，也不能驱走流淌在我的血管中的悲伤。我很痛苦，需要到同样身处痛苦中的人们身边去。我想要体验命悬一线的感觉，想让自己置身危险的边缘，牢牢地记住那种体验。我同时也需要一份工作，所以索马里看起来是个很符合逻辑的选择。

饥荒席卷了非洲之角。上万人死于饥饿，更有数百万人面临着同样的死亡威胁。索马里没有能够应对旱灾的中央政府，只有坐拥私人军队和海量军火的军阀在争夺权力。

饥荒甚至没有成为事件的重点。在三个月内，美军会派遣部队进行援助，并拨款数百万美元用于救援物资，广播电台也会对此大肆报道。上百万人的生命得到了挽救，但在那之后，情况很快就会失去控制。他们总是会把事情办成这样，如何开头是一回事，如何结束就变成了另一回事。和平卫士变成了和事佬，人道主义救援部队转而开始围剿某个索马里军阀。一架黑鹰直升机被击落，美军士兵被杀死，整个情况变成了一个烂摊子。

可是这一切终究因饥荒而起。每天都有人因饥饿而死，他们基本上都是儿童和老人，既没有钱，也没有武器，更没有可以依赖的家庭。十几岁的孩子组成团伙，带着枪支和火箭筒，开着装有机枪的卡车，冒充"技术人员"到处游荡。

我搭乘一班刚刚投入行动的救援班机从肯尼亚的蒙巴萨出发。在拜多阿，每天都有上百人死去，美军正在用C-130型"大力神"运输机向那里运输成袋的高粱。这些装满粮食的口袋被罩网捆在木质货运托盘上，又牢牢地系着与货仓的地面相连的绳索。飞行途中，我注意到，五六个留着海军陆战队式小平头的小伙子躺在粮食袋子上打盹。

"这些家伙是干吗的？"我向飞机上的一位空军军官打听道。

"我们都管那些人叫'食蛇者'，"他像在泄露什么机密一样低声答道，"他们会在地面上负责跑道的安全。"

一个月前，我滞留在内罗毕等签证的时候，去看了一部低成本的动作片——《食蛇者II》，就是洛伦佐·拉马斯演的那部。眼前的这几个小伙子看起来可比电影里一身腱子肉的明星专业多了。我们着陆后，这些"食蛇者"最先跳出货仓，飞奔到跑道两侧，迅速消失在灌木丛中。

C-130运输机在地面上停留了不足二十分钟，就关上货舱门重新起飞了。留下的只有几袋高粱、飞机燃料刺鼻的气味，还有我。

在跑道的另一端，已经有不少援助机构的卡车停在那里了。在其中一辆卡车的车顶，一个年轻的索马里人坐在那里守着一挺机枪。几个身穿肮脏T恤的男子嘻嘻哈哈地站在车后，嘴里嚼着嫩绿色的小树枝，我后来才知道那就是所谓的恰特草。那是索马里男性最喜爱的娱乐方式——当然，吵架和互相射击除外。恰特草有点儿像安非他命，如果你像许多索马里人一样成天咀嚼它的话，你也会变得既恍惚又暴躁——这简直是索马里枪手必备的素质。每天只有为数不多的几架运送救济食品的飞机能够进入索马里，几十架装满了这种苦味兴奋剂的飞机却能畅通无阻地在这个饥饿的国家的各地着陆。

我到达的当天，几个西方来的救援人员正在那里等着领取粮食。他们无视了我，当时的我很腼腆，也不好意思过去和他们打招呼。后来我才得知，这里的救援人员都把记者当成麻烦的讨厌鬼。他们眼中的记者大摇大摆地来到有事发生的地方，向他们要求食物和交通工具，至于信息就更不用说了。如果是主流媒体的记者，救援人员还会应付他们，因为这些媒体的观众群里有为数众多的潜在捐赠者。但是，假如你只是个端着家用录像机的毛头小子，就没人愿意在你身上浪费时间了。

一袋袋高粱被装上卡车，装完车的人们纷纷离开，只剩下我孤零零地站在跑道边。有时候，现实对你的打击就像一块从高楼上落下的砖，重重地砸在你的脑袋上。而站在拜多阿跑道边的我就正在经历这种时刻。我面前的情况既远远地超出了我的预期，也完全不在我的能力范围内，而我现在才意识到这一点。

我所有的只有几千美元、一台录像机、几盘空白录像带以及一书包的腰果——我上飞机前唯一能买到的食物。我不知道自己在做什么，也不知道接下来该怎么办。

2005年7月下旬，尼日尔。在马拉迪的一家临时医院里，数十位母亲带着孩子坐在那里，等着看这些孩子是否已经营养不良到了无药可救的地步。这家医院是由无国界医生组织运营的，这家法国救援机构在1999年荣获了诺贝尔和平奖。这也是我最欣赏的救援机构，他们不畏艰险，总是勇敢地前往最危险的场合，而且看起来比反应缓慢的联合国有效率多了。

医院的几个街区外就是马拉迪的主干道。马拉迪是尼日尔的第三大城市，不过，这也代表不了什么。尼日尔的首都尼亚美在十个小时的车程外，而那里也是一潭死水。

母亲们进入医院前要通过一扇由两个没带武器的人把守的小金属门。黎明时分，门前就已经排起了长队。妇女们身上裹着颜色异常鲜艳明亮的布料，那色彩与她们漆黑的肤色形成了惊人的对比。

几周后，我回到纽约，一位优雅的女士在街上拦住我，把手搭在我的胳膊上："哎，安德森，那些尼日尔妇女……"她叹了口气，停下来调整了一下情绪，"我想说的是她们穿的那些布料、那些颜色。真不知道她们都是从哪里找来的。她们一定花了不少心思。"

我到达医院的那天早上，门外已经有十来个带孩子的母亲等着了。一个皮肤皱得像大象的小男孩光着身子，蹲在自己的母亲面前大便。她用从药盒上撕下来的一片纸板替儿子擦了擦他满是皱纹的屁股。

母亲们会盯着你走进医院，看着你来去无阻地出出进进，因为你不需要通行证，因为你的肤色和肩上的摄像机就是最有效的通行证。只需要一眨眼的时间，她们就能够把你从头看到脚，从服饰看到眼神，并读出你的意图，以及你能为她们提供多少帮助。她们不会对你乞讨，因为她们知道你不是为此而来的。她们看到你的相机和记事本，就知道你目前什么都做不了。也许从长远来看你是帮得上忙的，她们会这样想，因此愿意让你拍几张照片。但实际上，她们根本不会在意你。她们眼下急需的只有水、食物、营养，越快越好。

就在一门之隔的医院里，米尔顿·泰克托尼蒂斯医生在接诊的帐篷里给一个紧紧地依偎在母亲怀里的两岁男孩做着检查。"他严重脱水。"医生一边描述着孩子的情况，一边轻柔地捏起他左臂上的一小块皮肤。小男孩的名字叫拉希度，他的眼睛瞪得大大的，直勾勾地看着泰克托尼蒂斯医生。

"一般来说，判断儿童是否脱水时，你会首先寻找凹陷的双眼、缺乏弹性或者形成褶皱的皮肤之类的特征。"他极其简短地停顿了一下，抬头看了我一眼，"但是，在营养不良的儿童身上，这些特征并没有什么意义。因为他们已经瘦成一把骨头了，皮肤总是那么皱。"

如果是在他的老家加拿大，泰克托尼蒂斯医生可能会被当成一个流浪汉：他个子很高，有一头凌乱的长发，常穿的白色T恤套在他瘦削的身体上显得空荡荡的。他在无国界医生组织里工作了十几年，去过不计其数的国家，救治过成千上万的儿童，也许说几十万都不算夸张。他自己都记不清到底挽救过多少人的生命了。

"情况最糟的孩子往往处于休克状态，他们不会像这样盯着你看。"泰克托尼蒂斯医生一边说，一边对眼都不眨地盯着他看的拉希度报以微笑，"但是，这孩子还是很虚弱，我会把他留在这里。"

接诊帐篷里挤满了人，大约有四十位带着孩子的妇女坐在木质长椅上，等着工作人员用一杆吊在横梁上的秤给孩子们测量体重。这些母亲一言不发，只有孩子们会发出一阵阵令人揪心的声音——咳嗽着哭闹，哭闹着咳嗽，此起彼伏。

泰克托尼蒂斯医生没有等着给拉希度称体重，时间非常紧迫，他直接抱着孩子进了重症监护室。

几个月以来，联合国一直在发布尼日尔食物短缺的警告，然而谁会注意这种新闻通讯稿呢？现在是电视时代，没有画面就没有真相，看不到饥饿的孩子、积水的腹部、深陷的双眼——莎莉·史特瑟斯的那一套——就没有人会相信那是真的。警告成不了头条新闻，只有危机才够分量。营养不良听起来太平淡了。饥荒？这还差不多算是个大新闻。但是，问题在于，尼日尔的情况并不是饥荒——至少现在还不是。成年人不会饿死，被夺去生命的只有成千上万的儿童。那只是食物短缺，是饥饿危机，是严重的营养不良——不管那到底是什么，它都没有在黄金时段的节目里占有一席之地的价值。

BBC是第一家赶到尼日尔的新闻媒体，我们则是第二家，绝大多数美国媒体甚至懒得过来看看。

"我们在今年2月就预见到这种情况可能发生了，"泰克托尼蒂斯医生稍后告诉我，"我们在2月就发出了一条新闻：'请注意！我们需要免费的食品与医疗用品。'现在已经是7月了，那些救援物资才陆陆续续到达这里。"

"可能是因为年初的那场海啸吧，"我对他说，"人们做不到同时对两场危机保持关注。"

泰克托尼蒂斯医生摇了摇头。"事情总是这样，"他说，"一个国家的政治地位越不重要，援助被拖延的时间就越长。"

按照泰克托尼蒂斯医生的说法，联合国想要筹集十亿美元的应急准备金，这样一来，一旦发生紧急情况，他们就不需要为了到处要钱而夸大问题的严重性了。他们现在就是这样做的。联合国眼下使用的数据——也是我从BBC那里听到的数据——"三百五十万尼日尔人正处于饥荒的危险中"是精心设计而成的，具有一定程度的误导性。你得从细节里读出点儿东西才行。这里的关键词是"处于危险中"，这到底能说明什么？我们每个人可能都或多或少地处于某种危险中，不是吗？如果不施加援手，如果不予以帮助，三百五十万尼日尔人就会饿死，这话并没有错，可现实往往并不是这个走向。儿童开始死去，一些记者开始关注这件事——通常都是想闯出一些名声的自由记者，他们首先来到这里，然后他们的照片会促使某些新闻媒体前来报道，那之后才会有更多援助到来。这一套系统并不完善，不过它也是市场能够承受的方式。尼日尔的问题是死亡的人数还不够，死了几千个孩子还远远不够。

医生把拉希度放在一张塑料垫子上。重症监护室的病床上没有床单，这里太凌乱了，根本用不上床单。这个监护室实际上不过是一顶几百英尺长的帐篷，两侧各有一排床铺，母亲和她们的孩子共用一张床垫。

当一个孩子严重营养不良时，他的身体会在自我消耗中逐渐崩溃。首先被耗尽的是脂肪，接着肌肉就会萎缩，最后内脏也会逐渐衰竭：肝脏、肠道以及肾脏。心脏萎缩，脉搏减缓，血压降低。连续腹泻导致脱水，整个免疫系统就会逐渐崩溃。让孩子们丧命的不是饥饿本身，而是外伤感染与疾病。皮肉和骨骼之间没有一层能够隔绝疼痛的脂肪，他们幼小的心脏根本承受不住。

我站在拉希度的病床边，看着医生们忙着挽救他的生命。我感觉自己是个没用的旁观者，什么忙都帮不上。我看了看摄像师的情况，确认他有没有给拉希度惊恐的表情拍摄特写。我考虑着要如何把拉希度放进我正在构思的、几个小时后就会播出的新闻报道里去。这一切感觉实在是太愚蠢了，甚至不仅仅是愚蠢那么简单，它是那样不合时宜，让我感觉自己就像追寻血迹的鲨鱼。这个孩子快要死了，而我不但没有帮忙，还忙着用照片记录他的痛苦。我轻轻地握住他的一只小脚，它整个儿浮肿了。

"这是人体组织里的水分，"泰克托尼蒂斯医生解释道，"有时它们只积聚在双脚，有时则包括双手，还有些情况下连双眼周围都会出现这种浮肿。这被称为夸希奥科病①，二十世纪二十年代，人们在非洲最先发现了这种症状。在那之后，它就层出不穷地出现在世界各地了，甚至包括第二次世界大战期间的集中营。"

"我觉得我们能救活这孩子。"泰克托尼蒂斯医生说着，把一根软管插进拉希度的鼻孔里，"我们得给他喂流食，让他立刻补充一些糖分。不过只能给一点儿，因为他的心脏承受能力很有限。在那之后，我们才能给他服用抗生素，再让他喝牛奶。如果他能撑过最开始的一两天，下礼拜你就能看到他活蹦乱跳地到处跑了。"

拉希度在哭，但他已经没有眼泪了，瞪大的双眼里只有恐惧。他脸朝天躺着，伸着胳膊，赤裸的身体不断颤抖，看起来就像个皱巴巴的小老头儿。当他哭叫出声的时候，那声音听起来就像一只要被人活活掐死的雏鸟。

我提醒摄像师把音量调整到合适的水平。

---

① 即恶性营养不良综合征。

"你是记者，对吧？你好啊。"

那个声音既年轻又热情，但我看不清说话的人是谁。当那辆卡车猛地转了个弯在我的面前停下时，它卷起了一大团沙尘，沙尘把我整个人罩住了。

那是1992年9月，我正走在一条我认为是去拜多阿的路上，牙齿紧张地咬着嘴唇的内侧，这是小时候我从哥哥那里学来的习惯。我刚到索马里不到一个小时，就已经迷失了方向。

如果我是主流媒体的记者，那就应该会有车子在机场等着接我。可是我既没有为任何一家新闻机构工作，又不敢向在机场的任何一家救援机构求助，只能眼巴巴地看着他们开车走人。

我留意到前面的路上有一辆卡车在滚滚尘土中向我的方向驶来。在它离我更近了一点儿之后，我看清了，车斗里站着至少两个端着AK-47的索马里男子。

"嘿，这下好了，"我对自己说，"一个人走在路上，现在又来了枪手。"

等到卡车停下来，飞扬的尘土也渐渐平息后，我看到一个年轻的索马里人径直向我走来。

"你是记者，对吧？"那个小伙子又问了一句。他穿着一件大号白T恤，前胸印着"我是老大"。

这位"老大"的名字叫赛义德。在国家分裂之前，他原

117

本是摩加迪沙的一名大学生。现在他则利用饥荒为自己谋取生路。赛义德和朋友们买了几支枪，租了一辆卡车，开始为来到索马里的记者提供一站式服务：翻译、交通以及安保，就像迈克尔·奥维茨引以为傲的那种一揽子交易一样。赛义德的脖子上挂着一根英国独立电视新闻公司的纪念圆珠笔，他说自己刚刚做完他们给的差事。从这个角度上讲，他和新闻机构打交道的经验比我丰富多了。

"你愿意给多少钱都可以。"赛义德坚持道。这反而让我格外警惕起来。不过，他的态度很坚定——何况他拿着那么多武器——所以我还是爬进他的卡车，和他们一起走了。

在卡车的前挡风玻璃上，赛义德贴了一张保险杠贴纸——我爱索马里。

第一眼看去，拜多阿城是一片模糊的深褐色——深褐色的围墙后藏着深褐色的小房子，到处都是一个接一个的小号土碉堡。主路两侧有不少用瓦楞板搭成的咖啡馆与商店，不过这时它们几乎全都关张了。人们瘦得像骷髅一样，他们要么慢慢地拖着身子游荡，要么就呆呆地坐在那里，身上披着脏布片，茫然地张望着。

枪手们坐着小卡车横冲直撞，不停地按着喇叭，在那些饥饿的人面前从不减速，后者只能拼命躲闪给他们让出路来。在一辆卡车里，一个看起来只有十三岁左右的男孩坐在沙袋上，肩膀上扛着一个绿色的火箭筒。在另一辆卡车上，我看到了一架很像是土制火炮的玩意儿。

这里当然没有交通灯，谁的枪最大，谁就有权先走。我们只有两把AK-47，所以总得停下来给别人让路。

"你自己怎么不拿把枪呢？"我问和我一起坐在驾驶舱里的赛义德。

"我不拿枪，因为我是念过书的。"赛义德解释说，"念过书的文化人不用拿枪。"

赛义德的生存哲学很简单。"我只为自己而活，"他说，"在这里，做到这一点不难。我现在活得很好。"

我完全不知道该从哪里入手，但觉得医院应该是个合理的开头，就让赛义德送我到医院去。医院门口有个不得携带武器进入的警示牌，然而很明显，没有人把这条规矩放在眼里。好几个索马里男子蹲在医院的庭院里，怀里抱着枪，下身穿的围裙掀到了膝盖的高度。

"你觉得我能进去吗？"我问赛义德。

"你当然能进。"他答道，很明显没明白我的言下之意是进入手术室，里面正在进行手术，"你是美国人嘛。"

医院里有两间外科手术用的房间，每间都既没有电也没有自来水，所以手术只能在白天进行。光线从手术台对面一扇敞着的窗户照进房间。地板上放着一只扔满了染血的纱布绷带和垃圾的塑料桶。当我进去的时候，一个年轻的美国助理医生正俯身给一个索马里人处理伤口。这个索马里人腿上

119

多处受伤，一只胳膊还包着绷带。

助理医生名叫雷蒙德，他今年二十八岁，是国际医疗队的志愿者。国际医疗队是一家和无国界医生组织有些相似的美国机构。雷蒙德并不是医生，但这一点在索马里并不重要。他是美国人，接受过医疗培训，更重要的是，他确实来到了这里，这就足够了。

雷蒙德来自美国南部，长得很帅，有点儿像汤姆·克鲁斯，他待人接物的态度和说话的口音像外表一样讨人喜欢。他穿着蓝色的手术连体衣，把一个医疗包像子弹带一样挎在肩膀上。他在拜多阿已经待了三个月，早就习惯了记者在手术中途闯进来。

"你瞧，我不是那种会因为自己管不了的事而沮丧的人。"雷蒙德一边说，一边检查着患者腿上的伤口，"我只做自己能做到的，其他事情就不多操心了。所以我也不会做噩梦。这里的地板脏得要死，我们连自来水都没有，到处都脏兮兮的，就没有没被感染的东西，一样都没有。这就属于那种你来到现场前永远没有概念的情况。换句话说，理论上你能想象到这样的情形，但你必须到现场去亲身体验，才能知道究竟是怎么回事。你明白我的意思吗？"

我已经开始明白一些了。

一位留着金色短发、态度亲切友好的护士走了进来，她叫黛恩·麦克雷。"昨天晚上，有一颗炸弹爆炸了，"她告诉我，"十五人受伤，三人当场死亡。今天，我们又处理了好几个受枪伤的人，还有几名被刀刺伤的伤员。"

"现在有空运过来的食物供给，这里的情况有没有好一点儿？"我问。

"好一点儿？"她答道，"人们还是一样，自相残杀。"

雷蒙德走进另一间手术室，帮助一个退休的美国医生给伤员做腿部截肢手术。那个医生看上去接近七十岁，戴着一盏矿工用的头灯来增加一点儿光亮。受伤的索马里男人的妻子正在竭力阻止医生们给丈夫截肢。

"你知道，我也很想保住他的腿，但我们已经没有办法了。"雷蒙德解释道，索马里医院的管理人漫不经心地替他翻译着，"我这么跟你说吧，我们可以不给他截肢，只是把伤口清理干净。可是，如果他死掉的话，那就全是他老婆的错。"

负责人把这种严峻的后果翻译给那个女人听了之后，她就不再对医生们大喊大叫了，只是无奈地耸了耸肩。截肢手术很快就结束了。

"这里的所有事情都是挑战，"雷蒙德走向下一名伤员时说道，"补给不够，装备不够，时间也不够。伤员太多了，而且我们对其中很多人无计可施。比如有人腿部感染，连骨头都开始坏死了，假如在美国，那我们应该还能做点儿什么，可在这里就不可能了。你只能利用手上有的东西尽力而为。"

几个月后，我再次去拜多阿。我到医院去找雷蒙德，却得知他已经回家了。没有人说得出为什么。

在马拉迪临时医院的重症监护室里，四岁的小男孩阿米努躺在病床上。他距离两岁的拉希度只有几英尺远，却因为身上盖着厚厚的毯子而几乎看不见。阿米努轻轻地抽泣着，他的母亲坐在床上，用一把扇子替他赶着苍蝇。她的名字叫作祖埃拉，长得惊人地漂亮：高耸的颧骨，夜色一般黝黑的皮肤，两边的脸颊上各有一道彼此平行的小伤疤——她的部落的标记，她出生几天后就被刻下了这两道记号。如果是在其他地方，她完全可以去当时装模特，可惜她的一条腿变形了，那是童年罹患脊髓灰质炎的后遗症。她可以行走，虽然稍微有些一瘸一拐的，但这不过是小小的美中不足而已。可是，在尼日尔，这会让她陷入不受欢迎的尴尬境地，因为这种缺陷会削弱她的劳动能力。她最终嫁给了一个头发斑白的老男人，和他生了三个孩子。

"她的父母可能还会因为有人愿意娶她而高兴吧。"一个路过的护士说。

"阿米努被送来的时候，他的夸希奥科病已经非常严重了。"泰克托尼蒂斯医生一边说，一边揭起孩子小小的身体上盖的灰毯子。这突如其来的动作让阿米努轻轻地哭叫了几声，但他还是让医生检查了他浮肿的身体。

"皮下组织有积水，眼周也有积水。而且他的皮肤因为缺锌而开始剥落了。"

"他恢复得很快。"泰克托尼蒂斯医生微笑着对祖埃拉说，"如果他能熬过接下来的一两天，我相信，我们肯定能把他治好的。"

"你的意思是，他还是有可能会死？"我惊讶地问道。

"啊，是这样的。"医生递给阿米努一小块糖果，"虽然我们用了抗生素，但是，假如他血液中的细菌太多，那他还是有可能在一个小时内死去。可是，他已经吃了五块糖，给他的牛奶也都喝光了，这是最好的兆头。"

医生提到的"牛奶"实际上是一种专为重度营养不良而调配的营养补充剂，其中富含各种维生素。按照泰克托尼蒂斯医生的说法，这东西是三十年来对饥饿进行科学研究的成果。

"要是在以前，我们只能让饥荒中的人们吃很多食物，可其中一半的人还是会死去。"泰克托尼蒂斯医生说，"然后我们才了解到，对于严重的情况来说，一开始必须慢慢来。不要一上来就给他们吃太多东西，不能一开始就让他们摄入铁质。这都是我们从实践和失败中学到的经验。"

他端起一杯被称为"牛奶"的药剂，把它送到阿米努的嘴边，小男孩立刻贪婪地喝了个精光。

"生命多顽强啊。"医生说，他的脸距离阿米努只有几英寸远，"咱们可顽强了，是不是，小家伙？"

阿米努的旁边隔几个床位就是哈布的病床。哈布只有十个月大，却已经时日无多，这一点连我这个外行都能看出来。他双眼无神，胸膛剧烈起伏，呼吸带着"咯咯"的声响。我甚至能在他纸一样薄的皮肉下看到心脏的轮廓。

"他前几天的状况还不错，可是，23号那天，情况突然急转直下。"泰克托尼蒂斯医生给我看了哈布的病历，"他是7月19号被送来的，因为细菌感染。今天是7月30号，他的状况比送来的时候还要糟糕。"

哈布的母亲什么都没说，她只是坐在那里，直直地盯着我和医生之间的那一小块空当。

"他能活下来吗？"我问。

医生没有回答。

医生会优先救治状况最差的孩子，而这正是电视新闻需要的：要找病得最厉害、最需要帮助的对象。虽然这令人悲伤，但你得暗自筛选，挑出最适合报道的那个。

"这个孩子的状况很糟，不过我想应该还能找到情况更严重的。"我暗暗地对自己说，在心中权衡着谁的痛苦更值得登上电视新闻。你不得不告诉自己这样做没问题，因为你的动机是好的——有那么一瞬间，你甚至会真的相信这一点。可是，当你一个人躺在床上，回想着一天中发生的所有事情时，你会感觉自己就是个不折不扣的骗子。每个孩子的故事都值得被讲述，他们与死亡的距离不应该被拿来当作衡量其价值的标准。这沉重的感觉足以令人崩溃。

他们死了，而我还活着。生死之间仅有一线之隔，而划定这条界线的是金钱。只要你有钱，你就总是有地方住，有东西吃，有机会活下去。到达马拉迪后的头几天，我完全没有饥饿的感觉。那并不仅仅是因为高温和沙尘，更多的是因为我对自己感到恶心：我身体里的脂肪，我的健康状况，我那点儿微不足道的疼痛与痛苦。我带了整整一包食物——金枪鱼罐头和能量棒——可是，哪怕只是想起吃东西这件事，也会让我想吐。当然，这种情况是会变的，几天后，我就忘记为什么要让自己挨饿了。

他们死了，而我还活着，这个世界就是这样，并且一直以来都是这样。我曾经以为我的新闻报道能带来一些好的结果，能让别人行动起来，为我报道的事件做些什么。而我现在不太确定自己是不是还相信这一点了。一个地方得到改善，另一个地方就可能陷入崩溃的境地。世界的版图不断变迁，你永远不可能跟上它的节奏。不论我的报道文笔多么动人，内容又多么翔实可信，我做的任何事都无法在此时此地挽救这些孩子的生命。

第二天早晨，我们返回医院的重症监护室，哈布的床已经空了。距离我们第一次见到他才过了不到十五个小时。他的母亲也不知去向。

我找到泰克托尼蒂斯医生，向他打听发生了什么。医生一时想不起来哈布是谁，我把那张空病床指给他看，他在病历上查阅了一番。

"他是今天早上死的。"医生读着护士写下的记录，"他们给他输了液，不过他可能感染了什么东西，一般来说是细菌感染或者疟疾。我昨天就知道他撑不了多久了，我们尽了最大的努力，我还给他输了血——这是他最后的机会。他熬过一夜，最终还是不行了。"

宏观上看，这家医院收治的儿童的死亡率只有百分之五。但是，在重症监护室里，每天都会有两到三个孩子死去。

"确实会有一些非常意外的情况，"泰克托尼蒂斯医生说，"那些时候往往很难熬，我们也为此难过。不过，绝大多数死亡我们是能够预判的。当然也有奇迹，有些孩子我们认为一定活不成了，最后居然挺了过来。最糟的是，某些孩子我们原本以为状况还不错，结果突然不行了。话说回来，对于那些我们知道肯定会死的孩子来说，我们还有什么可以做的呢？"

"你们不会感觉很受打击吗？"我问道，虽然已经知道答案了。

"我们不可能对其中的某个孩子想太多，"泰克托尼蒂斯医生摆了摆手，"这里的婴幼儿死亡率很高，每四个孩子里就有一个会夭折。每年都有大概二十万个五岁以下的幼儿死亡，赶上这种年景，死亡人数可能还得增加很多。"

"我对护士们说过，如果他们很难过，想要哭一场的话，没问题——但是得到别的地方去哭，藏起来哭。如果你在那些母亲面前哭，能有什么好处？那不是怜悯的表示，只会让其他母亲更加担惊受怕。她们会忍不住担心：'我的孩子会怎么样呢？'你不能这样做，这对她们不公平。她们恨不得把你当神看，你是她们唯一的机会了。这里上个月只死了五十个人，我们救活了大概一千五百个。你不能因为一个孩子的死亡而裹足不前。那些母亲是理解的，她们需要的不是你的同情，她们只希望你尽最大努力做好该做的事。她们不需要你为她们哭泣，那不是你的职责。"

我于1992年只身前往索马里，希望能借此在一频道得到一份工作，却对自己将要在这里看到的东西毫无准备。在一个国际救援组织设立的户外食物发放点，瘦得像活骷髅的老老少少坐成一列，等待着配发食物。食物正在火堆上架着的大号旧油桶里煮着，香味在空气中四处飘散，像在刻意引诱饥肠辘辘的人们。

一旦有人死去，他就会被一张裹尸布包起来，和其他尸体像枕木一样被摆放在临时太平间里，最终被运到没有标记的坟坑集体掩埋。赛义德把我带到掩埋尸体的地方，这里每天都有十几个集体坟坑被填满，同时，坟坑的数量还在不断地增加。

当我们到达那里的时候，天色已经晚了，我拍了几张照片，然后就开始担心。这里只有我、赛义德和那两个枪手，我忍不住胡思乱想，觉得他们可能开枪把我打死，再把尸体随便扔进哪个空着的坟坑里去。我甚至想不出他们不这么干的理由，我身上带的钱比准备给他们的报酬要多不少，而且我还没跟他们谈过小费的问题。

"赛义德，我跟你说过我有几个当记者的朋友要来吗？他们过两天就到拜多阿了。"我试图找个让他觉得可以留我一条命的理由，"他们到时候也会需要翻译的，我肯定把你推荐给他们。"

我还当场给他多加了一些报酬。

我们漫无目的地到处转了转，最终在一条土路边的小窝棚旁停了下来，窝棚里似乎正在举行一场小小的集会。一男一女两人蹲在他们的孩子的尸体面前。那孩子被直接平放在窝棚里的地上。我不太确定是不是应该把这一幕录下来，因为我不想打扰他们的哀悼。最终，那个男人抬头看见了我。我冲自己的录像机点了点头，向他示意。他也点头回应，注意力回到了儿子身上。我按下了"录像"键。

那个男人看起来很苍老，不过很有可能并没有超过四十岁。那个小男孩刚刚死去不久，男人一只手托着他的头，另一只手扯过一块肮脏的布，用它盖住了孩子的脸和身体。女人用家里最后一点儿水灌满了一只水壶，缓缓地把壶里的水一点点地洒在儿子的身上。浸湿的布料塌陷下去，你能清楚地看到布料下那孩子凹陷的眼眶以及一根根肋骨。他的身上没有肌肉，没有脂肪，双腿像扎窝棚外墙用的小棍一样细。

这对夫妻已经眼睁睁地看着三个儿子死去了，这是他们的最后一个孩子，他只有五岁。

他只是众多小孩中的一个，他的死只是诸多死亡中的一例。这种事情在整个索马里一天会发生上千次。这种事情每天都会在索马里发生。

"阿米努死了。"

我的制片人查理·摩尔从重症监护室回来后把这件事告诉了我。昨天，阿米努看起来好像有所好转，可昨天已经是很久以前了。

"阿米努死了。"

护士们只说了这么多，他们不知道具体是什么夺走了他的生命。没有人会在马拉迪进行尸检，没有时间，更没有意义。阿米努在挨饿，但这不会是要了他性命的关键所在。他病了几个月，最后两周才住院接受治疗，他的身体到底感染了什么已经说不清楚了。可能是疟疾吧，因为他的皮肤开始剥落了。

"阿米努死了。"

当查理告诉我的时候，我的震惊程度超乎我的想象。我们两个都知道这件事很有可能发生，可这不是我期望看到的结果。这感觉实在太不公平了。泰克托尼蒂斯医生一直很乐观。阿米努一直在吃糖，喝光了所有给他的"牛奶"，也已经熬过了最危险的时期。他本来是我们一直寻找的成功案例，我们本来打算用他的故事来结束报道，让观众在哈布的不幸夭折后看到一丝希望。我们都清楚这意味着什么。我们叫来摄像师，和他一起回到医院。说到底，我们到这里来是为了记录死亡的，我们干的就是这份差事，不是吗？我们讲故事，拍照片，捕捉各种令人心碎的时刻。拍摄那些令人心碎的时刻，这件事本身可没什么美感。

阿米努的病床已经空了，他的母亲祖埃拉也在早上离开了医院。

"病床紧张的时候，他们就不得不早点儿把人打发走。"泰克托尼蒂斯医生解释道，"床位没那么紧张的时候，他们就允许家属在这里多待一会儿。"

阿米努死后几个小时内就下葬了。女人不允许参加葬礼，所以祖埃拉没能看到她儿子的尸体被白布包裹着埋进沙土地里，就像一颗巨大的种子被匆忙地种下。没有仪式，没有墓碑，坟墓上没有任何标记，只有一个小小的土包。我们到那里把它拍了下来，可是，在镜头中，它看起来好像什么都不是。

如果夜间有孩子在重症监护室里死去，护士会允许母亲在孩子身边过了夜再走。这个画面在我的脑海中挥之不去。祖埃拉会在深夜里对她的宝宝说悄悄话吗？当她第二天清晨睁开双眼的时候，会不会以为孩子还活得好好的？她要用多长时间才能反应过来到底发生了什么？

阿米努死了。

我们花了半天时间才打听到祖埃拉的住处，又花了半天时间赶到那里。

那是一座四周都是玉米地的小村庄，说是村庄，其实不过是一片窝棚和泥土房子而已。当我们赶到那里的时候，祖埃拉正坐在她家那间只有一个房间的小屋外面，院子里围满了妇女，她们双腿伸开，坐在地上。

祖埃拉那比她年长很多的丈夫也在那里，他和一群男人一起站在旁边。村子里没有人对阿米努的死感到特别震惊，没有人哭泣，更谈不上号啕。死亡早已不止一次地造访过这个小小的村庄，阿米努是祖埃拉失去的第一个孩子，可是，这里的每个母亲都至少经历过一次丧子之痛。

"他是个很乖的好孩子。"祖埃拉柔声说道，"他们已经尽最大的努力去救他了。"她怀里抱着最小的孩子萨尼。

萨尼只有两岁，还完全不明白他的哥哥出了什么事。"他总是黏着阿米努，"祖埃拉说，"今天早上，他还到处找哥哥呢。"

在祖埃拉的身后，两名妇女站在齐腰高的木臼旁边，忙着把小米舂成米粉。捶打的钝响声声不绝，如同村庄生活跳动的脉搏。我拾起一根舂米用的木杵，它的两端因多年的使用而变得光滑发亮。这根木杵的分量很重，简直难以想象有人可以日复一日地挥动它。我装出一副力气很小拿不动它的样子，逗得那些妇女哈哈大笑。

祖埃拉的祖母和另外三个老太太一起坐在一旁，在一碗风干的树叶中挑拣着，几个月以来，这种东西一直是他们的主食。阿米努是她第十三个夭折了的曾孙辈，她的三十八个孙辈里已经死去了一半。她连他们叫什么名字都记不清了。

祖埃拉的小屋里只有一张铺着薄床垫的双人床，除此之外几乎什么都没有。多年以来，我见过至少几十个这样贫困的家庭，可是每一次都会给我带来同样的震撼。墙上贴着几张从旧杂志上撕下来的图片，这是那个家里唯一的装饰。祖埃拉家的条件已经比不少人好了——这可能是嫁了个年长的丈夫的好处——但我还是难以想象她的生活到底是什么样子。阿米努的衣服会留给他的弟弟穿，家里没有半张孩子们的照片。照相很贵，阿米努的年纪又太小了。祖埃拉一件能拿来纪念儿子的东西也没有，这里的每位母亲都是这样。我们给阿米努、哈布以及其他人拍的照片很可能是他们生前留下的唯一影像，是他们曾经在这个世界上活过的唯一记录。

我在拜多阿登机，浑身上下浸透了汗水。我在索马里待了不到四十八个小时，就拍下了足够编成两份报道的资料，现在必须赶回内罗毕把报道写出来。我有些脱水，而且发着高烧。

我前一天晚上把最后一点儿水喝光了。红十字会让我在他们的警戒区过了一夜，我睡在地上，却感觉自己实在是交了好运。

当C-130运输机终于起飞后，我放松下来，把身子倚在座椅靠背上。顶部的管道里不断送出空调的凉风，机舱里很快就变得有点儿冷了，温度的骤变让我打了个冷战。

一个机组人员从飞行服口袋里掏出一盘磁带，走进驾驶舱，几秒钟后，我头顶上的喇叭里传出了皇后乐队的《波西米亚狂想曲》。

"这是真实的人生，还是一场幻梦？身陷困境，现实无法逃避。"

我把头转向舷窗，想要再看拜多阿最后一眼。

"我一直想在赤道上空撒泡尿试试。"另一个机组成员说。他拉开飞行服的拉链，把身体靠在货仓里的一个包裹上，对着外面的云层撒起尿来。飞行员趁机让飞机左右摇摆，让那个撒尿的家伙难以保持平衡，飞机上所有人都哄笑起来。

我回到内罗毕，冲了个澡，洗掉头上的尘土，剔掉手脚指甲里的污泥，用肥皂把全身上下洗了个干干净净。我换上一身干净的衣服，找了一家意大利餐馆，点了意大利面和百香果汁，边吃边看着吧台上的电视里播放的新闻。我不久之前还在那个地方，可是现在，我已经坐在餐馆里了。一趟短途航班的时间、几百英里的距离，隔开的是两个世界，相距几光年之远的两个世界。

我吃完饭，一阵凉爽的风从餐厅吹过。我深深地吸了一口气，骤然闻到一股刺鼻的味道：厌恶、鲜血、腐肉与食物——索马里的味道，它就像阴影中刺出的一把匕首，猝不及防地扎进了我的胸口。我不知道这股味道是哪里来的，我的衣服是干净的，衣服下面的皮肤也刚洗干净。有那么一瞬间，我以为那只是我的想象，是高温和发热给我带来的幻觉。然后我突然反应过来，那是我靴子的味道。我只有这一双靴子，而索马里的气味已经浸透了结实的皮革，渗进了每个缝隙深处。当天早上，我在拜多阿给一匹死驴拍照，那时我可能不小心踩进一摊血里了。鬼知道我还有没有踩过别的东西。

每个故事都有其独特的气味，我一开始往往不能留意到这一点。有时，直到几天后，那些气息才交织在我身上衣料的纤维中，缓缓地没入我皮肤的角落，成为我记忆的一部分。一旦我回到家，就什么气味都闻不到了。

那天晚上，我躺在脏乱房间里的破床垫上，听着水龙头滴滴答答地漏水的声音，以及外面街道上"马塔图"迷你巴士[①]的喇叭里传出的机械的欢笑声。我哭了。这是我多年以来的第一次哭泣。

索马里之行让一频道给了我一份全职驻外记者的工作。这正是我想要的东西，是我一直梦寐以求的机会。可是，当我真正得到它的时候，那感觉并没有想象中那么好。一频道播放了那对夫妇为夭折的孩子清洗遗体的画面，在许多组织学生在教室里收看一频道的学校中引起了不小的反响。一些学校开始举办烘焙义卖和慈善抽奖，为索马里筹集援助资金。

"我的事业居然建立在他人的痛苦之上。"我对一个朋友说。

"不是这样的。"她告诉我，"你只是在提醒人们，还有人生活在水深火热中。"她这话可能是对的，但讽刺的是，我

---

① 原文为matatu minibus，肯尼亚及周边国家常见的一种私营迷你巴士，近似于合乘的出租车。这些车辆上往往有各种鲜艳的装饰，比如名人画像和名言警句，还会用扬声器播放音乐来吸引顾客。

见证的苦难越多，我的事业就越成功。我从索马里回来后，一频道和我签了一份两年的合同。

　　一连几个月都有救援物资定期送到索马里，然而，逐渐明确的一点是，这些物资并没有被送到饥饿的民众手里。它们一下飞机，就被管控着道路的军阀直接截走了。美国军方对此公布了一项人道主义援助行动，来确保救援物资能够运送到位——他们称之为"重塑希望行动"。1992年12月，距离我第一次前往索马里已经过了三个多月，一频道让我再去一趟。这样一来，当美军士兵在索马里着陆时，我就能第一时间在那里做报道了。

　　我乘飞机前往索马里的首都摩加迪沙。那是一座支离破碎的城市，房屋外墙上弹坑累累，街道坑坑洼洼，路灯好几年前就坏了。摩加迪沙最主要的酒店已经没有空房了，住满了几十个来自全球各地的记者，屋顶上到处都是卫星天线。酒店大堂里随便扔着几张破床垫，那是给像我这样订不到房间的人准备的。

　　这是我第一次看到美国军队和美国媒体合作得如此紧密。部队在一片闪光灯中登陆，整个过程的实况被全球直播。军方很快派来了他们的公共事务官员，这些公关人员手里挥着清单，对急着抢新闻的记者们抛出各种机会，还可以用直升机或者船来保证交通顺畅。那些日子里的每个人看起来都忙得团团转，为大众消费创造着新闻产品。拍照机会、独家采访、陪同参观，只要把生意谈妥了，山姆大叔能让你到哪里都畅通无阻。

这是一场很容易让人深陷其中的游戏。你需要他们，因为这里的情况处于他们的掌控之中；他们也需要你，因为他们想要你替他们宣传。他们向你灌输各种信息，而你照单全收，还得试着不让自己在这个过程中逐渐堕落。

美军登陆后过了几天，我乘坐直升机前往"的黎波里"号军舰，直升机上只有我、一名报社记者以及一名摄像师。

"你觉得这个点子怎么样？"在直升机螺旋桨的轰鸣声中，海军的媒体官员扯着嗓子问那个报社记者，"让'的黎波里'号的全体官兵在甲板上拼个'感谢你，美国'出来。"

"我觉得，那个场景拍成照片的话可以登上头版了。"她说，咧着嘴微笑。

索马里有自己的规矩，有自己的行为模式，而且和我们熟悉的那些完全不同。我第一次来的时候只看到了饥荒和枪手，现在我了解到的情况则要复杂得多。一切事情都是按照某种规律发生的，只是我一开始没有意识到这一点。这就像走进关着灯的电影院，你的眼睛需要一段时间才能适应。

在最开始的时候，索马里人很感激美军的到来。然而我们在这里待的时间越长，就会变得越不受欢迎。有一天，一辆法国的军用吉普突然停在酒店门口，尖锐的刹车声引起了我的注意。一名披着亮色衣料的索马里妇女从车后座上下来，街上的人群中伸出一只手扯住了她。有人开始喊她"婊子"，人越聚越多，搅成了一团，许多人对她又踢又打。那女人拼命挣扎，她可能在哭，或者在徒劳地试图解释，但是，她的声音被人群的怒吼盖住了，我完全听不清楚。人群后排的男人们不断地往前挤着，既想看得更清楚一些，又想趁机给她几下。

那女人被打得团团乱转，她从酒店门口的西瓜摊上抢过一把刀。我爬到酒店的院墙上，打开录像机。我的一只眼睛瞪着取景器里的黑白画面，女人奋力地对着人群挥刀自卫；我的另一只眼睛盯着现实中色彩鲜明的现场，男人们哄笑着嘲讽她居然敢抵抗他们。

她离我很近，就在我站着的围墙下面，她和我之间只隔着一辆停着的汽车。我可以跳下去，试着把她带到相对安全的围墙里。我的确这么想过，可是没有这么做。我担心暴怒的人群抓住我不放，或者我的介入反而给那女人带来更大的麻烦。不过我可能只是害怕得不敢动而已。

有人从那女人手里把刀子夺了下来，她的上衣被撕破了，一边的乳房露了出来——对于这个保守的文化群体来说，这无疑是十分令人震惊的景象。一支美国海军陆战队的护送车队从酒店门前经过，他们减慢了速度，对人群按着喇叭。几个士兵探出头来，想看看人们在闹什么。可是人群给他们让出了一条路，护送队加速开了过去。

一截水管旋转着从我的头顶飞过，落在我背后的院子里。有几个索马里人开始冲着我和另外几个围观的记者大喊大叫。他们不想让我们把这些录下来。

我当时完全可以停止拍摄，从墙头上爬下来，我也知道这段录像是不会上新闻的——这种袭击事件实际上无足轻重。可是，当时的我并不在意这些。我只想着，如果我继续拍摄，那么我也算表明了自己的态度。我想告诉那些男人，有人盯着他们，有人看见他们干了什么，而且有人真的在意他们干了什么。现在看来，这个念头真的很傻。

我闭上一只眼，只用另一只眼睛看着取景器里的黑白画面。那几个人转头看着我的方向，大呼小叫地挥动双臂，摇晃拳头。我一言不发，脑子里只想着一件事——至少我只记得这一件事了——我应该把焦点对准他们中的哪一个？我曾经从一名在住宅区处理过严重家庭纠纷的警官那里听说，当他走进公寓的时候，一个男人用枪指着他。这名警官知道，只要他有所动作，那个人就可能开枪。于是他让身体完全放松，释放了所有紧张的情绪，不再表现出任何企图，没有恐惧，没有敌意，没有威胁，就像把自己当成了一个透明人，而那个枪手果然就这么离开了。此时的我站在围墙上，一心盯着录像机的取景器，感觉自己也好像完全不存在。

最终，有人从后面抓住我的腿，扯了扯我的牛仔裤，那是站在院子里的另一个记者。

"快下来！"他对我喊道。我弯下身子，准备从墙头上下去。往下跳之前，我用眼睛找了一下那个女人，看到的却只是一闪而过的身影。她被人群中的几个男人带走了。我不知道她后来怎么样了，我再也没有见过她。

在接下来的两年里，我以一频道记者的身份往返于世界各地。先是波斯尼亚，然后是克罗地亚、俄罗斯、乌克兰、格鲁吉亚、以色列、柬埔寨、海地、印度尼西亚、南非。哪里有冲突就去哪里。

1994年5月，我动身前往卢旺达。种族屠杀的形势依旧严峻，已有数十万名图西人和同情他们的胡图人被杀害，在争端平息前，死亡人数还会不断上升。卢旺达爱国阵线的图西人军队开始向首都基加利进发，他们胜利在望，发誓一定要彻底阻止胡图人的杀戮。数十万名胡图人涌向边境，这些双手沾满鲜血的人逃向坦桑尼亚和扎伊尔（今刚果民主共和国），想要在人群中掩盖自己的罪恶。当你越过国界进入卢旺达时，他们扔在那里的一堆堆武器会是你第一眼注意到的东西。武器，还有尸体。

绝大多数尸体都光着身子，因为气体和积液而肿胀不堪，令人作呕。在一个小瀑布下的水塘里泡着至少十几具尸体，尸体随着水流浮浮沉沉。跨过瀑布的一道桥梁是从坦桑尼亚前往卢旺达的必经之路。很难看清楚水里到底有多少具尸体，他们随着波浪漂浮旋转，双臂在搅动的水流中来回摇摆。我发现一具孩子的尸体卡在乱石之间，胳膊在水的冲击下不断颤抖。我无法移开视线，盯着他看了好几分钟。我忍不住想，水流有没有可能把那孩子的尸体从卡住他的地方冲出来，让他重获自由。可是这终究没有发生，至少我在那里的时候没有。在那架桥上呼吸很困难，稍微张张嘴巴，瀑布溅起的水花就会蹦进你的嘴里，还带着腐烂的尸体的味道。

那些尸体慢慢地漂向下游，大概每分钟就会漂走一具，我甚至真的站在那里掐着表计算了一下。我听说，成千具尸体一路漂进了乌干达的维多利亚湖，联合国以一具尸体一美元的价格雇当地人打捞。

控制边境的是卢旺达爱国阵线，我是第一次与他们接触，打算尽量让自己听起来老练一些。

"我想在周边地区四处看看。"我对一名身穿军绿色工作服、脚蹬红色高帮帆布鞋的士兵解释道。

他像看白痴一样看着我："你不想看大屠杀吗？"这些反抗分子很清楚良好的公共反响的价值。"我们给你规划一套

141

路线，肯定能满足你所有的需求。"他对我承诺道。

这名士兵的名字是托尼中尉。第二天，他带我们进入了卢旺达境内。

我在坦桑尼亚租了一辆车，但没有告诉司机我们要去哪里，我担心说完后他就不愿意去了。我只告诉司机我们要到边境去，结果反而闹了笑话。司机以为我们不会去太远的地方，就没给汽车加满油。我们的油箱里只剩几加仑油了，所以，每当路过反抗军的车时，我们就不得不停下来，管他们要几升汽油救急。

"拜托，你不是不知道，我们还在打仗呢！"我们每次停车要油，托尼中尉都会这样对我抱怨，"我们的汽油也不富裕，不能就这么白白地送出去。"

"我们很愿意花钱买点儿汽油。"我说。

"行了，咱们还是赶紧走吧。"他答道。

这样的对话持续了好几个小时。

你看到尸体之前会先闻到他们的气味。不过，真相其实是，一段时间之后，你就会对此视而不见了。离得太近的话，就算是怪物，看起来也显得平平无奇。

在一条道路的路边，我们发现了五具尸体。他们半遮半掩地在草地里躺成一排。有那么一瞬间，我甚至以为他们只是躺在那里休息，就像一家人在赶集路上停下来打个盹儿。当然，他们早就死了。在风吹日晒下，他们的身体似乎有些风干收缩，皮肉像皮革一样紧紧地绷在骨架上。其中有一个小女孩，我只能看见她干枯的头皮上的几绺头发。小女孩的旁边是一个穿着肮脏的白上衣的妇女，她的一只手搭在躺在她旁边的男人身上。一开始，我以为她戴着一只脱掉了一半的手套，随后才意识到那是她的皮肤。她的皮肤被太阳晒得干硬，已经开始成片地脱落，她的脚跟也是这样。我之前从来没有见过这样的东西。这名妇女的脸也腐烂了，整排连在下颌骨上的牙齿清晰可见，那模样看着简直像一个微笑。

没有人说话，我们只是站在那里，听着苍蝇的嗡嗡声和头顶上方盘旋着的秃鹫的叫声。它们在等我们离开。

"狗杂种！"我的制片人看着眼前的场景，低声骂道。

我还记得我当时的感觉，我觉得他的这种反应非常奇怪。我知道他骂的是酿成这一惨剧的那些凶手，但感觉他投入个人情绪非常古怪。其实，我没有意识到的是，我对此毫无反应才是真正古怪的现象。

我迈过那些尸体，弯下身子，掏出我廉价的傻瓜相机，给那个女人的手拍了几张特写。咔嚓。咔嚓。几周后，当我到便利店取冲洗好的照片时，店员看我的神情写满了厌恶。我一看到照片，就理解了其中的缘由。我做得太过了，无意间做出了越界的行为。我把尸体的照片和其他照片混在一起了：微笑的士兵、我的摄像团队的合影以及我为自己的剪贴簿拍的游客快照。那时我并不觉得这样做有什么不妥，但是，一段时间之后，我意识到也许是时候暂停一下，去找其他任务来做了。

在索马里的时候，我刚刚入行两年左右，每具尸体对我来说都是巨大的震撼。我会想象他们生前过着什么样的日子，想象当老师的父亲下班回家，而母亲照顾着孩子们。我想象着他们活生生的样子：围坐在餐桌旁，谈论自己这一天过得怎么样。那对我来说总是异常伤感的一件事。事实上，没有人会记得他们曾经活过。他们的经历，他们的口角，他们一起度过的欢乐时光——这一切都和他们的身体一起在路边缓缓地腐烂，他们就这样从这个世界上消失了。

可是，到了卢旺达，我就不会再去想那些人都是谁了。死亡的细节吸引了我全部的注意力，腐烂的不同阶段令我有些着迷，人死后僵硬的表现也让我惊讶，我已经忘了自己到底在寻找什么。

你经历得越多，就越容易变得麻木不仁，让你产生触动也会变得越难。可是，说到底，你就是为了被触动、被改变而去那里的。在索马里的时候，我开始寻找各种感受，可到了卢旺达，我又把它们搞丢了。

"我的心被填得太满了。"我一回国就去找我的老板。我再也不想看到更多的死亡了。不过我猜他可能以为我想涨工资。然而真相是，我只是单纯地受够了而已。几个月过去后，我和一频道的合同到期了，我决定离开。ABC新闻给我发了一份聘书，这让我受宠若惊，同时也有些好笑。1992年，我在ABC连一个入门级的工作都找不到，短短三年过去后，现在反倒是他们请我去做通讯记者了。他们告诉我，我到时候主要留在美国境内工作，这听起来不错。是时候停止在世界各地寻找感受了，也许我应该把寻觅的地点换成离家更近的地方。

KATRINA: FACING THE STORM

卡特里娜：直面风暴

那一开始只是一阵无人留意的微风，轻轻地吹拂着人类诞生的那片土地。如果此时有一名丛林飞行员驾驶着飞机从基桑加尼①出发，那他可能会赶上一阵惊人的强气流。如果有一名农民站在卢旺达碎石遍地的山坡上，那他伸懒腰的时候或许会发现来了一阵凉风。可是，直到2005年8月的第三周，气象学家们才留意到一个强大的热带波正沿着非洲西部的海岸线缓缓移动。它穿过大西洋，在巴哈马群岛一带吸收了温暖的海水，逐渐发展壮大。8月24日，它终于演变为一场热带风暴，并根据国家飓风中心所创建的名单自动被命名为"卡特里娜"。

　　我当时正和朋友们在克罗地亚航海，游艇在亚得里亚海湛蓝的水面上漂荡。自从我7月份在卢旺达临时改变行程前往尼日尔以来，这是我今年第二次试图度个假。我忍了几天没看电子邮件，却没有把手机关上。所以，听到电话铃声响起时，我就知道一定没有什么好事。

---

① 刚果民主共和国东北部的一座城市。

"非常抱歉，老兄，但你一定得回来一趟。"我的执行制片人大卫·多斯在电话里告诉我。

卡特里娜在8月25日周四演变为飓风，并于当天傍晚在佛罗里达州登陆。已经有十二人在飓风的袭击中丧生。热带风暴在陆地上有所减弱，但是，一旦它遭遇面积足够的水体，重新补足水分，就会再度演变成飓风。这一次，它遇到了墨西哥湾。

周六清晨，我从杜布罗夫尼克①动身前往休斯敦。新奥尔良市市长雷·纳金和路易斯安那州州长凯瑟琳·布兰科召开了一场新闻发布会，请求市民撤离。可是，他们没有下发强制撤离令。当天晚上，国家飓风中心的麦克斯·梅菲尔德亲自打电话给市长，提醒他这场飓风的严重性。这是梅菲尔德有史以来第二次因为这种情况而直接与政客本人联系。

按照新奥尔良的应急计划，政府本应调用大巴组织约十万名没有交通工具的市民撤离。可是，当局并没有这么做，没有大巴，更没有组织撤离。周日，卡特里娜如期在墨西哥湾中部转向西北，演变成可怕的五级飓风，持续风速可达每小时一百七十五英里。到了这时候，市长和州长才终于发布了强制撤离令。

我周日很晚才到达休斯敦，再从休斯敦驾车前往巴吞鲁

---

① 克罗地亚东南部港口城市，也是著名的旅游中心和度假疗养胜地。

日①。我到达巴吞鲁日的时候是凌晨一点，前锋雨已经下了起来，到新奥尔良还有一个半小时的车程。当我跟办公室打电话确认时，他们告诉我，道路已经封锁了。迟到让我非常恼火，可是CNN把卫星天线车从新奥尔良撤了出来，因为他们预测可能会暴发洪水。所以，就算我及时赶到了目的地，也不可能在暴雨中进行报道。我决定暂时留在相对安全的巴吞鲁日，一旦暴雨结束，就立刻赶赴新奥尔良。

卡特里娜是过去的十五个月里我报道过的第六场大型飓风，也是今年的第二场。我以前从来不能理解为什么会有人对天气感兴趣。住在纽约最大的好处之一就是可以无视头顶的天空是什么样子。然而，自从2004年报道过"查理"飓风，我甚至开始不断地自愿去做各种和飓风有关的报道了。让我沉迷其中的不仅是风暴本身，更是暴风雨来临前和离开后的那几个小时。那时只有一片寂静，万籁无声，商店停业，家家户户用木板封住大门。那甚至有置身战区的感觉。

飓风查理登陆几个小时前，我住进了佛罗里达州坦帕市的一家海滨酒店。酒店经理是个大块头的女人，头上蹲着一只小小的鹦鹉。她同意我在酒店里住下，前提是我必须签一份酒店无须负责我的人身安全的免责声明。我在文件上签字的同时，那只小鹦鹉在主人的肩膀上拉了一滴鸟屎。

---

① 路易斯安那州首府。

"它只是对'暴——风——雨'感觉有点儿紧张。"那个女人说，刻意把那个词一个字母一个字母地拼了出来，像是担心鹦鹉会听见。

在风暴中报道新闻，你需要尽量依靠自己的生存技巧，你的命运完全掌握在自己手中。你租下一辆SUV①，在里面装满能买到的一切补给：食物、水，最难找的是罐装燃气、冰块和制冷设备。如果报道的是战争，你最应该去的地方是前线；而在飓风中，你要去的地方就变成了水边。你要像策划伏击一样寻找最佳地点：要离水越近越好，这样你才能近距离地拍摄风暴与巨浪；你得注意找一个尽可能高的地方，以免水位上升后被洪水卷走；你的周围不能有太多树木或者路标，因为它们可能会被狂风卷起，像导弹一样被吹得到处乱飞；你还必须找几个撤离点，一旦风暴不断加强，你就能撤离到更加安全的地方。

一队CNN的工程师在巴吞鲁日的码头附近找到了合适的地点，几百码外有一栋大楼，可以保护卫星天线车。只要卫星天线正常运转，你就能进行报道。所以它的安全是第一位的。

然而问题在于，卫星天线的接收器像风帆一样，它很容易被强风带动，甚至可能掀翻整辆卡车。所以，必须找一个

---

① Sport/Suburban utility vehicle 的简称，意为运动型多用途汽车。

两侧都有建筑保护的地方。这样一来，即使风向转变，卫星天线也不会直接受到冲击。

报道过几场飓风后，你就很清楚接下来会发生什么了。首先是风力一点点加强，然后会开始下雨。在前三十分钟内，你的防水外套没准儿还能让你不被打湿，但是，雨水很快就会渗进衣服内侧。用不了一个小时，你的全身上下就会被淋个湿透。你的靴筒里灌满了水，手上的皮肤被泡得泛白发皱。如果你想知道自己到了八十五岁皮肤会变成什么样，不妨到飓风里站上几个小时。

卡特里娜飓风于周一清晨六点十分左右在路易斯安那州的比勒斯附近登陆，持续风速达到了每小时一百二十五英里，属于三级飓风。巴吞鲁日的情况急速恶化，几个小时前的强风与此时的风速比起来完全不值一提。电路中断，变压器爆炸，阴沉的天空映衬着青绿色的火光。我看不到被风吹到半空中的碎片，却能听到各种声音：断裂的树枝、扭曲的广告牌、被整片掀起的铝合金屋顶。你既不知道这些噪声从哪里来，也不知道那些碎片要飞到哪里去。

在现场直播的间隙，我坐回SUV漆黑闷热的车厢里，身上滴滴答答地流着水。暴风雨越来越强，其他记者的传输中断了，于是，越来越多的转播信号——一场又一场的现场报道——被转接到了我这里。我的摄像师克里斯·戴维斯几乎无法通过取景器看清任何东西，但他还是努力坚持工作，把身体紧紧地靠在码头的栏杆上。我在车里坐了一会儿，不断地自言自语："这风刮得真猛……雨也下得像瓢泼一样。"除此之外，也真的没有别的话可以说了。那只是风和雨而已，还有多少描述它们的方式呢？

在风暴中，你总是能看到奇怪的景象：可乐自动售货机漂在水里，小船却被冲到了路上。当我报道飓风"佛朗西斯"的时候，一辆印着"飓风研究小组"的崭新的悍马车被冲到了我们工作的码头旁边，车里的两个人穿着一模一样的黄雨衣。我一开始以为他们是研究飓风的科学家，结果发现那不过是两个对飓风着了魔的家伙。我们最后一次看到他们的时候是凌晨一点，他们大呼小叫地拿着摄像机彼此拍摄，记录下各自被风速每小时一百一十英里的狂风吹得到处乱转的样子。

那种刺激太容易让人迷失其中了，你一不小心就会忘记自己在做电视直播，忘记与此同时还有受灾的人们和孩子一起蜷缩着躲在衣柜里或者在自己的起居室里被活活淹死。

飓风查理过后，我在佛罗里达州的蓬塔戈尔达开车观察受灾的情况：铝合金板材卷在树上，在阳光下闪着刺眼的银光；装满家族合影的相册散落在大街上；汽车顶棚上堆着沙发。一名救援官员因为口误，发布了在一个拖车营地发现了十几具尸体的错误消息，一时间，所有早间新闻的记者都开始开着车在小镇里到处乱窜，寻找那些尸体。

他们不时减速向当地人打听，问他们是否知道附近有个拖车营地"出了点儿事"。（没有人愿意单刀直入地问："在这一带看见过死人吗？"）

当一切结束后，飓风真正的威力并不在于风速，而是它造成的后果——戛然而止的生命，彻底改变的人生，无数珍贵的被狂风席卷而去的回忆。不论经验多少，任何报道过飓风的记者都会明白的一件事是，不论狂风暴雨多么凶猛，风暴过后的惨状都远远比它还要难以面对。

在卡特里娜飓风威力最强的时候，我只能死死地抓住码头上的一根栏杆，雨水如同一堵雪白的高墙在我的身边旋转。在现场直播的间隙，我闭上双眼，伸开双臂，完全不在意会不会有人看着。风暴是你身边萦绕不去的幽灵，它时进时退，时而横冲直撞，时而旋转拍击；它不断回旋，蓄积着无限的威力。我浑身上下浸透了水，气压紧紧地挤压着我的胸腔。我顺着风向倾斜双肩与身体，双腿叉开，这样一来，如果风力突然减弱，我就不至于因为失去重心而摔倒。只要我一不小心转向了错误的方向，狂风就会轻而易举地把我吹走。我也许完全可以听任自己被风带走。我已经领教了那强劲的推力。稍微再多走几步，我就会被风雨和海水铸成的高墙碾得粉身碎骨。我几乎能感觉到那一切在我的身上发生。

我知道这听起来有些疯狂，可是，在飓风中坚持现场报道，同时尽你所能靠近风暴的中心，这确实是一项令人着迷的挑战。2004年报道飓风"伊万"的时候，我不断地要求延长自己在室外停留的时间。我们当时驻扎在亚拉巴马州莫比尔市的一个露台上，那是拍摄风暴的绝佳地点。有些时候，制片人们不得不在我的腿上拴一根绳子，这样一来，万一我被风从露台上吹下去，他们就可以顺着绳子把我拉回来。最终他们坚持要让所有人都回到室内，我也只能勉强答应了。

在巴吞鲁日，有一阵子的雨下得实在是太大了，我完全看不清镜头在哪里。但是这完全没有关系，我知道自己此时应该说什么："我在风暴面前渺小无力。"记者总是会这么说，"这场风暴证明了人类在自然面前是何其弱小。"然而在此时此刻，我实际上并没有这种感觉。事实上，我感觉自己不可战胜。我置身于风暴的包裹中，承受着它的抽打与冲刷，但我还是能够站立，能够工作，甚至在最恶劣的情况中都坚持了下来。我们的卫星天线还在正常运转，我们还在进行现场播报，而且我们差不多是最后一批坚守岗位的新闻团队了。我们战胜了自然，取得了胜利。

到了正午时分，最猛烈的风雨过去了，卡特里娜飓风继续向前，逐渐向密西西比州挺进。我也不想再做什么了。事情往往就是这样。风力减弱，肾上腺素分泌逐渐平息，我的身体也彻底松弛下来。被风雨冲刷了几个小时，我的脸早已泛白脱皮，双眼也酸疼不堪。我非常想躺下来睡一会儿，但我们得坚持下去，去寻找幸存者和遇难者。我们在巴吞鲁日简单地巡视了一圈，发现受灾的情况相当乐观，也没有前往新奥尔良的道路重新开通的消息，而我七小时后就要重新开始直播了。于是，我和制作人约翰·穆加特罗伊德决定跟着飓风运行的方向一路东行。我们想要试着抓住风暴的尾巴。

我们把卫星天线车留在原地，轻装前往密西西比州的默里迪恩。我们认为风暴会向那个方向移动，而且，我们接到通知，会有另一辆卫星天线车在当地跟我们会合。我们拖着又湿又累的身体钻进SUV，顶着危险的强风先向东方再向北方驶去。车速表显示我们正以每小时一百英里①的速度疾驰，不过，我决定不去在意它，我们必须战胜这场风暴。

到了杰克逊市②附近，道路开始积水，处处可见倾倒的树木。雨下得太大了，我们根本看不清周围的环境。在默里迪恩城外一个用木板堵住门的加油站里，我们终于找到了说好的那辆卫星天线车。加油站不是理想的播报地点，但我们没有其他选择了。半个小时后就要开始直播，可是，技术人员们用了差不多二十分钟才把天线架设起来，我们终于通过卫星天线重新和纽约取得了联系。我能听到中控室里的同事们紧张地大呼小叫，他们调节着我们的音量，尝试着修复我们的回传画面的技术问题。时间一分一秒地过去，到了距离直

---

① 约等于每小时一百六十千米。
② 密西西比州的首府。

播只有三十秒的时候，我们还在确认信号发送是否正常。转播开始十秒前，我们终于得知一切就绪，可以开始了。

我们连续转播了几个小时，在这段时间里，卡特里娜飓风逐渐转弱成为热带风暴。到了晚上十点，转播终于结束了。我们的车子没有多少油了，但幸运的是，CNN在附近的费城给我们找到了住处：一家由乔克托族印第安人经营的赌场居然奇迹般地还在营业。

在这种强烈的暴风雨里，绝大多数酒店都会关门谢客，但是，赌场反而总是会试着继续营业。他们会竭尽所能地让老虎机继续运转，来保证自己的滚滚财源。当我们到达那家赌场的时候，几个头发染成蓝色的老太太坐在老虎机前，她们的手里攥着拉杆，眼睛死死地盯着亮闪闪的屏幕。我走进自己的客房，一股霉味扑面而来。房间的窗户是坏的，多半是在暴风雨里打破的。污水顺着墙壁流下，浸湿了地毯，看上去就像一摊血迹。我的眼睛很疼，双脚也肿了起来。睡意变得难以抵抗，我一合上眼好像就能立刻睡过去。这时候，我要做的只有躺下来，调整呼吸，闭上双眼。

我的父亲不喜欢赌博，至少他年轻的时候不喜欢。我是从他十六岁时写给《默里迪恩星报》的一封信上得知这件事的，他在信里讨论了赌博的各种害处。我最近在他童年的一个剪贴本里找到了这篇文章，这个本子和储藏室里一箱我之前从来没有翻看过的手稿放在一起。

"许多偏离正轨、误入歧途的人，往往都是从玩老虎机开始逐渐堕落的。"他这样写道。

我读到这段文字的时候不由得哈哈大笑，因为这听起来既古板又自命不凡，他青少年时期的思路和我印象里那个思维开阔的人简直有着天壤之别。

父亲在密西西比州的奎特曼出生，那地方距离默里迪恩非常近。二战期间，他们一家搬到了新奥尔良，但没有在那里生活很久。他们又搬回密西西比州，最终在默里迪恩定居。祖母开了一家杂货店，父亲一边在当地的广播电台当播音员，一边在初级学院读书。

我八岁那年，父亲带我和哥哥回密西西比州去看他出生的地方。我们开车去了奎特曼他家的老房子所在的地址，但那里几乎一点儿痕迹也没有了，曾经是烟囱的地方只剩下几块砖头。父亲成长的地方是二百五十英亩大的农庄与草场上的一座小木屋，这座小屋也早已不复存在。盖房的木料早已腐朽，昔日的草场、桃园与棉花地如今长满了杂树和灌木，被重重野葛掩埋殆尽。

我们在奎特曼转了一圈，逛了几家店铺，还遇见了几个父亲上学时的老朋友。

父亲的教名是怀亚特，但当他还是个孩子的时候，在密西西比州认识的每个人都叫他"伙计"。

"伙计，这孩子和你简直是一个模子里刻出来的。"我们遇见的人都这么说。虽然当时我不觉得自己和父亲长得很像，但听到他们这么说，我非常高兴。而现在，当我看着自己的照片时，我看到的是父亲的面容。

周二，我头昏脑涨地醒来，一时竟不知道自己在哪里，不知道周围发生了什么事情。手机、电视、黑莓智能机——我一一检查，发现没有一个能够正常工作。我不知道风暴具体造成了什么影响。窗外下着小雨，但风依然很大。一串警车拐着弯穿过酒店的停车场。我实在是受够了这些事情。昨天，我明确告诉自己，我要暂时退出一段时间，不再报道飓风相关的新闻。再也不报道了。可是，当狂风再次吹起，我的心跳也随之再次开始加速。

我挣扎着从床上起来，下楼来到停车场，工程师正在那里检查天线卡车。车上装了一部卫星电话，只要卡车还有油，这部电话就能正常工作。在接下来的几天里，这是我们与外界联系的唯一手段。

我终于通过卫星电话和CNN的任务分配组取得了联系，可是他们也没有多少具体的消息。

"我们只知道情况很糟，"制片总监告诉我，"但不知道具体多糟。我们看到了一些从格尔夫波特市传回的照片，受灾情况看起来很严重。"

新奥尔良的防洪堤已经决口，洪水涌向市区，城市最终将有百分之八十的面积被水淹没。超级穹顶体育馆已经人满为患，空调系统也失灵了。随着洪水不断上涨，还会有几千人到会展中心寻求庇护，而会展中心没有医疗用品，没有食物，没有出路。

我们决定先到格尔夫波特市去一趟。至少我们能够接近洪水现场，然后可以根据在那里的所见所闻决定下一步去哪里。唯一的问题是汽油。我们的车没有多少油了，而费城的许多地方都已经停电。我听说附近的一家沃尔玛还在营业，我们赶过去后惊喜地发现他们的加油泵还能用。我们给车加满油，又买了大量的食物和水。在收银台排队的时候，一个女顾客认出了我，并建议我们到贝圣路易斯看看。那是位于格尔夫波特市西侧的一个海边小城，这位女士在那里当老师，而她认为自己工作的学校可能已经完全被毁了。

"我们一点儿那里的消息也没有。"她告诉我，"广播新闻里一个字都没有提，根本没有人会提起这些小城镇的事。"

我们回到停车场，把所有人聚起来开了个小会。我们有两支摄像团队、三台SUV以及一辆卫星天线卡车。往南走的主要道路全都被关闭了，但是，我们从广播上听说有一条为应急车辆准备的高速公路依然可以通行。我们应该符合通行条件，于是就向南出发了。

我们一路驶过许多倒塌的树木与高压线、无数散落在高速公路上的残骸，以及绵延数英里之长的房屋废墟与金属残片。所有的惨状我都看在眼里，可我不得不继续前行。一段时间后，这一切似乎都变得模糊起来。那是一种相当诡异的感受，甚至让人感觉自己有些精神分裂。其他人死了，而我们还活着。其他人被洪水围困，而我们还能继续前进。我们有汽油、食物以及卫星电话。我们还可以支起卫星天线，对全世界发布新闻实况，而这只需要几分钟准备时间就可以实现。

　　我不知道自己具体要去哪里，但我知道到那里后要干什么。我要拍照片、做报道，其他事情都可以抛到一边。在这一刻，我似乎不再有账单要付，也没有房贷要还，生活中一切需要费心的琐事似乎都不复存在——只有眼前的这一刻、手中的这一项任务。我曾经到过这里，系着安全带坐在车座上，透过车窗看见成百上千种不同的景象飞驰而过——那是斯里兰卡，是尼日尔，是索马里，是波斯尼亚。这种时刻与感受只存在于世界的边缘，如同只生长在穷山恶水中的珍稀兰花，转瞬即逝。

　　当我们赶到格尔夫波特市的时候，扑面而来的现实驱散了我浮动的思绪。情况比我想象的要恶劣得多。我从没在美国见过这样的惨状，我唯一能拿来与之类比的是海啸过后的斯里兰卡。有那么一瞬间，我以为自己还在卡姆布鲁加姆瓦。小小的马都兰加向大海扔着石子。

格尔夫波特市的市中心一片狼藉。满面泪痕的人们赤着脚蹒跚而行，巨大的长头牵引卡车被洪流卷起，堆成一团，就像是孩子随意丢弃的玩具。在附近，一只受惊的海豹躺在停车场沥青铺就的地面上哀嚎。一位女士一杯接一杯地往它身上倒着水，想让这只海豹活下去。当她离开后，警察对着海豹的头连开了两枪，近距离的两枪。红色的鲜血并没有溅得很远，这一点我至今记忆犹新。

距离海边不远的地方，一艘至少有一个街区那么长的赌场游轮躺在旱地上。透过船体侧面的一道裂口，隐约可见银色的老虎机在里面闪闪发光。一支城市搜救队在暗淡的灯光下走过，他们穿着金属头的靴子，头盔上装着探照灯，到处搜寻着幸存者。"喂！"他们大声地喊着，"有人吗？"没有回应。

周三上午，我们到了密西西比州的韦夫兰。天一亮，我们就从格尔夫波特市出发了。海岸警卫队的直升机从我们头上飞过，他们要到新奥尔良去营救被困在屋顶上的人，并为他们带去急需的补给。这一带几乎所有直升机都在飞往新奥尔良，没有人会在格尔夫波特市停留。到目前为止，我只听到了寥寥几则关于路易斯安那州灾情的报道。我们的手机依然没有信号，邮件就更谈不上了。我只知道防洪坝决堤了，与它同时崩塌的还有州政府的承诺。城市被洪水淹没了，这是预料中的情况，但是，似乎没人做好了相应的准备。人们被告知前往超级穹顶体育馆和会展中心，可是，那些地方全都达到了负载量的极限。

密西西比州没有防洪坝，没有出现戏剧性的大规模的趁乱抢劫，这里的麻烦是完全不同的另一种情况。洪水已经流回了墨西哥湾，留下的只有一片干涸与破败。在每个街区、每个角落，都能看到显而易见的损失。在贝圣路易斯和韦夫兰，几英里长的滨海房屋被夷为平地，一个又一个街区只有瓦砾尚存。让我震惊的并不是财产的损失，因为虽然灾情触目惊心，自然灾害带来的破坏却并不是什么新鲜事。真正让我为之震惊的是那里的寂静。既没有大型挖掘设备，也没有载着救援物资隆隆驶过的卡车。我站在一片碎木中，这里原本是一条街道，我甚至可以听见微风穿过无数被摧毁的人生的残骸的声音。一片卷在树枝上的塑料布在风中沙沙作响。一群苍蝇围着一条死狗嗡嗡乱转。一架直升机在地平线上出现，打破寂静，几秒后又恢复如初。

我看到了一支在废墟中进行搜索的队伍，那是来自弗吉尼亚州的城市搜救小分队。一名队员拿着一部装在金属棒上的小摄像机，他们用这种器材来检查是否有人被困在瓦砾底下。他们搜过这条街道，可是，当地的一位妇女告诉他们，还有失踪人员没有找到。于是，他们开始了第二次搜索。

从房屋上坍塌下来的屋顶几乎占满了整条人行道，一个名叫斯科特·普林提斯的搜救队员小心翼翼地走在瓦砾堆上，坚定而缓慢地进行着搜寻。

"我们不可能翻遍这里的每块板子。"普林提斯说着迈过埋在碎石堆里的一件海军礼服上衣。一个玩具娃娃赤身裸体地挂在树杈上，眼皮还在不断地开合。"光这片地方我们就能搜索上几个星期，"他摇着头说，"可是我们必须继续前进。"他深深地吸了一口气，试图闻出有没有尸体的气味。

来自弗吉尼亚州的特遣队在附近的"来德爱"药店的停车场建立了营地。当我们赶到那里的时候，一个名叫萨利·斯拉夫特的妇女前来报告有人失踪。斯拉夫特在附近的一家汽车旅馆工作，她长得又瘦又小，憔悴的面孔掩藏在棒球帽的阴影下。她担心自己的同事克里斯蒂娜·贝恩已经遇难了。

"我今天早上和几个邻居一起去了她家，结果发现门上还钉着木板。"斯拉夫特对一名搜救人员说，"我们砸开了一扇后窗，在厨房里看见了一具尸体。"

斯拉夫特知道，克里斯蒂娜·贝恩一家并没有去避难。"他们不敢出去，害怕走了之后家里被人抢。"她告诉我。一段时间过后，我才知道那家人不肯离开的真实原因：贝恩的两个孩子都是残疾人。她不愿意到避难所去，主要是担心孩子们被那里的人盯着看。

"我不想说那两个孩子智力有什么缺陷，"斯拉夫特说，"不过，他们的反应是有点儿慢。"

每当发现遇难者的遗体，弗吉尼亚特遣队的遗体鉴定部门就需要给尸体拍照留档，并在地图上标记发现遗体的地点。这些遗体眼下无处存放。不论是公立太平间，还是私营的殡仪馆，都被洪水淹没了。联邦应急管理局最终会派遣冷藏卡车过来临时储存尸体，但是，第一批卡车也需要几天时间才能赶到。

在贝恩家的屋外，萨利指出了她说的那扇被打破的窗户。房子里鸦雀无声。我闻到了尸体的气味。我屏住呼吸，把脸凑近那扇沾满污泥的后窗。我花了几秒钟时间才反应过来自己正在看着的是什么：我眼前躺着的是一具男子的尸体。他卡在成堆的木头和绝缘板之间，浑身上下沾满了污泥和沉淀物。我猜那一定是埃德加·贝恩——克里斯蒂娜的丈夫。他的尸体扭曲变形，肿胀得像一只随时都会爆炸的生日气球。一只胳膊凝固成奇怪的直角，这说明死后的僵直现象已经开始了。

他是我遇到的这场风暴导致的第一个死人。在这之前，我当然看到过溺死的人，比如在斯里兰卡以及其他一些地方，可是，我从来没有在美国见过。我本来并不认为这会有什么差别，实际上的感受却截然不同。

前门被水退去后留下的成堆碎片堵住了，救援团队开始撬窗户。这没有花费太多时间。窗户一被撬开，就有一股恶臭扑面而来，所有人都往后退了一步。

克里斯蒂娜·贝恩在房子里面，还有她的丈夫埃德加和他们的两个儿子——卡尔和小埃德加。四个人全都死了，都是淹死的。萨利·斯拉夫特在哭，她也是在场唯一一个哭泣的人。一名搜救人员掏出一部相机——那种能下载照片的数码相机——开始对着贝恩一家的尸体拍照。咔嚓。咔嚓。咔嚓。咔嚓。另一名搜救队员拿出一支记号笔，在贝恩家的房门上写了一个"V"字——代表遇难者的V。"内有四名死者。"

贝恩家几个街区外，搜救队员们在一条空荡荡的死胡同里又找到了一具尸体。死者应该是一名女性，至少我觉得是，因为已经很难判断了。洪水抹去了一切，身份、种族乃至于性别。我想她应该是非洲裔，但她的肤色已经发白了，甚至有些透明。

有人用一张肮脏的床单盖住了她的脸以及一部分身体，她的手脚还露在外面。

"她是在这里淹死的吗？"我问一个搜救队员。

"很明显不是。"搜救队员答道，"她是死在这一带的某栋楼里的，楼里的居民把她扔在这里了。他们都快把街上当成扔死人的垃圾场了。"

救援团队又开始拍照了——咔嚓，咔嚓——然后记录下这名死者的GPS定位地址。他们会在晚些时候把这些地方标在地图上。他们的地图上画满了小小的圆圈，每个圆圈都代表着他们发现的一具尸体。

"你们会习惯这种事吗？"我问救援队的医生大卫·卡什。

"飓风伊万、飓风欧珀、五角大楼、俄克拉荷马城。"他列举着十一年以来自己参与过的救灾活动，"你永远不可能习惯的，不过这种事总得有人来干。"

我让摄像师克里斯·戴维斯给那个女人的手脚拍了几张特写。她盖在床单下面的身体对电视机前的观众来说太可怕了，可是我不想对这里发生的一切视而不见。卡什医生和他的团队爬回了他们的车子，我们也上了自己的车，跟他们一起开了出去。

我从来没想过自己会在这里、在美国目睹这样的事情——死者像垃圾一样被随意丢弃。车上没有人说话，因为已经没有什么话可说了。

拍摄尸体让克里斯很难受，我能从他的表情里看出这一点。我起初不太明白哪里有问题，后来突然意识到，这是他第一次看到尸体。

我见到的第一具尸体是我的父亲。他的告别仪式在纽约的弗兰克·E.坎贝尔葬礼教堂举行。以前我上学的时候总是路过这个教堂，却从来不知道里面是用来做什么的。

一开始，我甚至认不出他的样子。我不知道死人和活人看起来竟然会如此不同——经过防腐处理的脸上面无表情，那异常的沉静令人不安，他看起来就像一尊用软石头雕刻而成的雕像。

我还记得父亲在棺木里穿着的衣服，它以一种非常不自然的方式裹在他的身上。这让我清楚地感受到他已经离去。我怀念他的怀抱，怀念在他的身边时感受到的慰藉。我们晚上经常一起看电视，他会脸朝上平躺在地板上，脑袋底下垫着一个枕头。而我横躺在他的身旁，用头枕着他软乎乎的肚子，感受它随着呼吸上下起伏。

父亲是作为浸礼会教徒出生的，却早已远离了他儿时认识的那群热心过头的传教士，也早就不会再去参加教堂活动了。他的葬礼甚至是在一座一神论派教堂中举行的。

"如果你在医院的登记表上的宗教信仰一栏选填'一神论派'，"我记得他跟我说过，"他们就不会派牧师来烦你了，因为他们不知道这个词是什么意思。"

在葬礼上，我、母亲和哥哥站成一排，接待前来吊唁的宾客。一群我不认识的人从我的面前一一走过，与我握手。晚些时候，我们在家里举行了一场吊唁聚会，这次来的有我们在学校的几个朋友以及一位我特别喜欢的老师。

从我出生起就开始照顾我的保姆梅刚刚从苏格兰探亲回

家，一听到父亲的死讯，她就毫不犹豫地赶了过来。

"不要担心，梅，一切都会好起来的。"我对她说。多年过去后，当回忆起那个瞬间时，她情不自禁地流下了眼泪。"当然了，一切根本就没有好起来。"她说道，"再也没有什么事情能'好起来'了。"

2005年8月31日，周三。我还留在密西西比州的韦夫兰，报道着卡特里娜飓风过后的灾情。妇女们抽噎着寻找丢失的家庭相册，中年男子向我们苦苦哀求，想要借用我们的卫星电话。每通电话都有着一模一样的开头："妈妈，是我，我还活着。"

我看到总统的飞机从密西西比州上空飞过。

"你觉得他在那么高的地方能看见地上的死人吗？"我们看着那架喷气机划过天际，一个市民忍不住问我。

风暴过去超过四十八小时了，依旧没有人来收殓尸体。这简直完全不合情理。军队流传着一句格言："不让任何一个人掉队。"我在巴格达一个军事基地的防爆墙上看到过这句标语。士兵们哪怕冒着残肢断臂乃至于失去生命的风险，也要努力夺回阵亡战友的遗体。多年以来，也确实有许多人因此丧生。如今美国也有激战的前线，韦夫兰正是其中之一。这些遇难的人不应该就这样被扔在那里慢慢腐烂。

黄昏时分，我回到那个遇难妇女所在的地方，她还躺在原地。我想试着把她挪走，但我既没有工具，也没有手套，更重要的是没有可以安放她的地方。这让我感觉既无能又无力。

最后两天晚上，我在《拉里·金现场秀》做嘉宾，听着政客们彼此感谢对方在这场"史无前例"且"不可预知"的灾害中做出的"巨大"努力。我不知道他们到底在谈些什么。我看见他们的嘴唇在动，也听得见他们发出的声音，那些话却毫无意义。

"别在这里互相吹捧了，"我想对他们大喊，"拿上裹尸袋，再拉上几个士兵，到现场去啊！"然而我只是静静地听着，不时点点头。就这样度过了一个又一个夜晚。

周三，我采访了联邦应急管理局的局长迈克尔·布朗。我告诉他，我在这里并没有看到他们采取什么行动，遇难者的尸体还在大街上躺着。他说这是"不可接受的"，并且保证自己正在"着手处理这件事"。节目播出后，应急管理局的工作人员找到我的制作人，告诉他，我们第二天可以全程跟拍布朗。但是，不久之后，他们打电话告诉我们，计划取消了。

政客总是表示他们知道民众非常"沮丧"。可是，如果他们真正能够明白的话，就根本不会使用"沮丧"这个词了。让人"沮丧"的可能是电影院门前的长队或者一列开得很慢的火车，而这里的情绪相比之下要沉重得多。人们不仅仅是"沮丧"而已。有些人死了，有些人在死亡线上挣扎，他们已然看清了现实。我想起一个月前泰克托尼蒂斯医生在尼日尔的重症监护室里对我说过的话。"她们不需要你的同情，"他说，"她们只想要你做好该做的事。"

在一般情况下，你很难判断到底什么是错的，什么又是对的。真相往往并不是那么一目了然的。然而，在这里早已经没有了怀疑的余地。这可不像民主党与共和党之争，或者执政理念与具体政策之别。救援只有到了和没到两种可能，而尸体不会说谎。

当你专注于工作的时候，你的脑子里想的只有拍照片、写稿子，有时你根本注意不到自己的情绪到底多糟糕。在韦夫兰的时候，我就完全没有注意到这一点。周三深夜，我和纽约办公室里的同事打电话，我谈起被抛弃在街上的那个妇女的尸体，突然发现自己在哭。我甚至说不出话来，不得不中止这通电话。起初我不明白自己怎么了。我已经很多年没有因为采访到的故事而哭了，萨拉热窝可能是最后一次。不过我从来没有在美国经历过这样的事情，这一切完全是我不曾预料过的。

从索马里或者萨拉热窝回来后，我常常想象战争中的纽约会是什么样子。哪些大楼会坍塌？我的哪些朋友能活下来？每当这时，我总会告诉自己，至少我们能更好地应对这种状况，至少我们的政府知道要做什么。

在斯里兰卡或者尼日尔，你永远不会期望谁来帮忙。你理所当然地清楚政府不会采取行动，人们只能自力更生。人们的期望值存在差异。在美国，你从小就相信，这个社会有一张安全网，一切永远不可能彻底崩溃。卡特里娜飓风证明这只是一种错觉。虽然我们在国家安全上投入了很多金钱，精心设计了很多防范措施，但是，哪怕是在一场我们非常清楚即将到来的自然灾害面前，我们也表现得如同毫无准备。我们并不能照顾好自己。世界随时会在我们的后院里分崩离析。当那一天来临时，许多人将遭遇灭顶之灾。

周四，我要采访玛丽·兰德鲁参议员，她是路易斯安那州的民主党代表。直到她出现的几分钟前，我都不知道她会参加这档节目。我们每天晚上的新闻直播都以即兴发挥为主，这是我最喜欢的节目形式。没有台本，也没有电子提词器，完全是直接对着观众讲话——我和镜头之间不存在任何隔阂。直播开始前，我会在脑子里粗略地构思一遍当天的节目内容，比如我们的记者都在什么位置，在追踪报道什么事件之类的。但是，直播正式开始后，播送的具体内容随时可能发生变化，我必须准备好应对任何可能出现的情况，随机应变。

在我还是个孩子的时候，一到夏天，我们就经常到海边度假。当时的我很喜欢在退潮后沿着沙滩的边缘奔跑。沙堆在我奔跑的双脚下崩塌，可是，只要我不断地向前跑，只要我跑得足够快，我就永远比沙堆的塌陷快一步。播报新闻也是这样，你很容易结巴，很容易因为一两句说错的话而毁掉你的整个职业生涯。关键是继续前进，永不停歇，永远不要忘记你正在逐渐崩塌的沙堆上奔跑。

我站在一片废旧住宅的小空地上，这里原本是一户人家的院子。兰德鲁参议员此时正在巴吞鲁日，我见不到她本人，只能通过我的耳返听到她的声音。

我一开始就直接问她联邦政府是否对当前的情况负有一定的责任。"他们难道不应该对发生的一切道歉吗？"我问。

"安德森，我们以后有很多机会来讨论这种话题，讨论这些'为什么''怎么会''怎么办'和'假如'之类的问题。"兰德鲁说，"可是，正如你和CNN的各位编导以及所有新闻业界同仁都清楚的一样，当前的情况十分严峻，我们应该在接下来的日日夜夜中把所有注意力都放在目前的困境上。

"请让我先说几句话。我想在这里感谢克林顿总统和前总统布什先生今天发表的精彩讲话，那为我们带来了极大的支持与慰藉。我还要对所有来到路易斯安那、密西西比与亚拉巴马州参与救援的领导人表示感谢。

"我们同样非常感谢军方运输来的救援物资以及弗斯特参议员与雷德参议员为此付出的卓越努力。

"安德森，我不知道你是不是已经听说了这件事——也许你们播报过这条新闻——国会将在今天晚上召开一场前所未有的会议，并在会上通过一项十亿美元预算的法案，这笔资金将全部用于支持联邦应急管理局和红十字会的救灾工作。"

我简直不能相信她还在这里滔滔不绝地感谢着那些人。在韦夫兰，遇难者的尸体依旧无人收殓，而国民警卫队才刚刚陆续到达灾区。在新奥尔良，到会展中心避难的人们依然得不到帮助，超级穹顶体育馆的环境对滞留在那里的群众来说也难以忍受。我简直不敢相信她说的每一个字。

"对不起，参议员，我必须打断您一下，"我说，"我没有听到这个消息。因为在过去的四天里，我在密西西比州的大街上到处都能看到遇难者的遗体，而听到的却只是政客们互相感谢和恭维。有些话我必须要告诉您，参议员，这里的很多人感觉非常失望、愤怒以及沮丧。

"当这些人听到那些政客鼓着掌彼此感谢的时候，那感觉就像——您知道——那只会对他们起到相反的效果。毫不夸张地说，就在昨天，就在这座城市的街上，一具尸体正在被老鼠啃食。这位不幸的妇女已经在街上躺了四十八个小时。这里没有足够的设备来收殓她的遗体。您能理解其中的愤怒情绪了吗？"

"安德森，我的心里也有一样的愤怒情绪。"兰德鲁答道，"我的家族也有房屋被毁。我们的家园一样毁于洪水。

我理解你想说什么，你说的这些细节我全都知道，总统本人也知道。"

"既然这样，那您的愤怒是针对谁的呢？"我问她。

"不针对任何人。"她说，"我的意思是，在现在这种非常时刻，最重要的是全国人民团结起来，把所有军用及其他物资都分配到位。我绝对相信我们伟大而坚强的祖国能够做到这一切。这些工作也都在进行中了。"

"好吧。我想说的是，很多人因为这个国家正在发生的事情而感到羞耻，"我对她说，"具体来说，是对您所在的联邦州里发生的一切感到羞耻。当然，这并不是要责怪当地的人。当地的情况令人绝望。但是……似乎没有一个人为此承担责任。我明白，您是说，会有合适的时机与地点来……回顾与反思，可现在难道不正是合适的时机吗？我是说，有那么多人想要得到答案，有那么多人想要某个人站出来说一句：'你知道吗？我们做得还不够。'物资的分配真的到位了吗？到了今天，我才第一次在这个城镇里看见国民警卫队的人。"

"安德森，你说的我都知道，"她说，"我知道你在哪里，我也知道你都看到了什么。相信我，那一切我们全都知道，也完全理解。会有合适的时机来谈论这些事的。我向你保证。我知道有人在受苦，州长知道，军方知道，总统也知道。他们都在为稳定当前的局面而倾尽所能。维特参议员和我们国

176

会代表团的所有人都十分理解现在的情况，我们也正尽最大的努力来让事态的发展维持在可控的范围内。但我还是想要对总统表示感谢。我想，他明天就会来到这里。而且，就在我们说话的时候，军方也在运输救援物资了。

"所以，请你务必理解，你说的我都明白。你可能会认为我不过是一个政客，但是，我在新奥尔良长大，我的父亲曾经是那里的市长。我的一生都带着代表那座城市的印记，而且不仅仅是新奥尔良，还有圣伯纳德、圣坦马尼以及彻底被洪水淹没的普拉科明斯教区。我们的防洪系统崩溃了，我们需要很多帮助。国会已经提供了极好的援助，但我们仍然急需援手。人无完人，安德森，这里的每个人都需要站出来。我相信，你一定能理解这一点。感谢你所做的一切。"

通话结束，我的耳边重归寂静。我们正在插播广告，而我的制片人们一言不发。我担心自己是不是越界了。我一向讨厌无礼的电视主持人，我也不想对自己节目的任何一位嘉宾无礼。我从不会把自己的想法随时挂在嘴边，并且能够根据具体的场合与不同的人探讨各种观点，我一直以此为荣。但这不一样。人们正处于绝望之中，没有人能给出一丁点儿明确的信息。政客们再不济，也至少应该能够回答问题。在我看来，像刚才那样闪烁其词地重复人云亦云的论调以及一味地赞美总统是完全不合时宜的。

三天后，兰德鲁参议员在ABC新闻频道接受了乔治·斯特凡诺普洛斯的采访。她的语气似乎变了。她说自己对开展救援行动的速度非常失望，并且对联邦政府批评新奥尔良警察的论调十分愤慨。"如果再有人批评我们的治安官，"兰德鲁说，"或者再对他们多说一句废话，哪怕那是总统本人，我也会给他点儿颜色看看——只要再多说一句废话……我可能会直接给这种人来上一拳，我说真的。"

插播广告结束，我们重新开始直播。一辆卡车从一旁驶过，车上一个头戴货车帽的小伙子举着一面皱巴巴的国旗。那是他从废墟里抢救出来的。他疲惫而虚弱，却因为手中的旗帜而无比骄傲，也为他和他的家人从灾难中顽强地幸存至今而感到自豪。我没有和他说话——他离我们太远了——可是我注视着他的双眼，与他彼此点头致意。从他的神情中，我既读到了遭受背叛的愤怒，也看到了力量与决心。我还在直播，却发现自己流下了眼泪。我的咽喉发紧，几乎说不出话来。我迅速转到下一段报道，并希望没有人注意到我的状况。

我爸爸是个很容易哭出来的人，看电影的时候会哭，去教堂的时候也会哭。有一次，在莫比尔的一家餐厅里，一个女人在餐桌之间穿行着唱《奇异恩典》，眼泪就沿着父亲的面颊滚滚而下了。我一直觉得这有点儿丢人。当他还是个孩子的时候，家里有一个外号叫"覆盆子先生"的亲戚以爱哭闻名。覆盆子先生是个虔诚的五旬节派教徒。在有一年的家庭聚会上，他又没能控制住自己充沛的情感，一边抽泣，一边大声喊道："感谢上帝！我们又平平安安地活过了一年！"

"覆盆子先生为什么老是哭啊？"我父亲问他的祖母。

"要让我说的话，是因为他的眼睛长得离膀胱太近了呗。"她说。

如今，我越来越多地回想起父亲的事情，我也意识到自己越来越接近我出生时父亲的年纪。父亲写过一本名叫《家庭》的书，那是关于他在密西西比州的成长经历的回忆录。父亲把这本书作为对家族的致敬，并且在其中强调了记住每个人的根之所在的重要性。他把这本书作为写给我和哥哥的一封信，并在去世两年前写完了。我想，他应该早就知道他不能看着我们长大成人。他的父亲死得很早，他的姐姐艾尔莎也年仅三十八岁就因为心脏病去世了。他担心自己不在了以后，我和哥哥会忘记我们深扎在密西西比州的根，忘记我们植根于南方的血脉。

父亲的书出版后，他在密西西比州各地举行了巡回宣传会，同时带上了哥哥和我。父亲从来不在我们面前掩盖这个联邦州的各种缺陷。他从很早开始就是民权的拥护者，并且教导我们时刻铭记密西西比州种族歧视的历史。默里迪恩是民权工作者詹姆斯·切尼的故乡，他在费城被三K党暗杀身亡。父亲会给我们讲述切尼的事迹和美国南方人权运动的进程，他了解密西西比州的明暗两面，并由此对故乡爱得越发深重。

我和哥哥在纽约长大，因此，我们对母亲家族的历史非常了解。实际上，想要不了解都很难。有一段时间，我们住的地方离范德比尔特大街和中央火车站不远，那里有一尊我的曾曾曾外祖父科尼利尔斯·范德比尔特的宏伟塑像，他是纽约中央铁道的奠基人。六岁那年，当我第一次见到那尊塑像时，还以为所有人的祖父母死掉后都会变成塑像。

我父亲的家族一直很穷，却同样有几个颇有贵族风范的成员。他们并不富有，为人处世却像贵族一样。我的曾叔祖吉姆·布尔曾经参加过奇克莫加战役，那是美国内战最惨烈的战役之一。据说，在那之后，他也从来没有改掉杀人的习惯。有一次，他开枪打死了一个在一群妇女面前大肆咒骂的男人。根据我爷爷的说法，"他杀的人没有一个是不该死的"。吉姆·布尔最终被困在倾倒的火车下，伤重而死。家族里一直流传着一个传说：当他感受到蒸汽的灼烧时，他甚至打算用折叠刀把自己的腿砍下来脱身。

我的曾祖父威廉·普雷斯顿·库珀也是个按照自己的一套规矩生活的人，他搞出了一大群私生子。直到临终时，八十四岁高龄的他躺在床上，还在对惊恐的家人们大呼小叫地抱怨，说，如果他们"再带个女人到我的床边来，我就用不着死了"。

父亲去世后，我们很少再去密西西比州旅行了。有几年夏天，我和哥哥会去看看家里的朋友，在他们那里度过周末。我们也会去拜访亲戚，但只能待几个小时——这些勉强组织起来的聚会总是让我伤心。

在父亲去世后的那些年里，我总是会想象他给我留下了某些信号。时至今日，我还会寻找他给我的信息——他的建议以及他的肯定。父亲的朋友总是对我说："你父亲一定会为如今的你感到非常骄傲的。"可是，这与听他亲口说出来、在他脸上亲眼看到那骄傲的神情的感觉完全不一样。我喜欢想象他每天晚上都会看我的节目，想象他一直注视着我。

"上帝保佑你。你绝对想不到我们看见你有多高兴。"星期五早上，在韦夫兰一片遍布碎石的空地上，一个男人一边说着，一边热情洋溢地跟我握手。这人的名字是查尔斯·科尔尼，他和他的老婆杰曼回来查看他家房子的废墟。

"人都到哪儿去了？"查尔斯喊道，"为什么死了那么多人？让我来告诉你为什么吧！因为国民警卫队的人来得根本不够！他们的人都散了！你看，我也不喜欢这么说，可是，还能有别的原因吗？人都被派到伊拉克之类的地方去了。"

"其他国家得到的关照比我们的多。"杰曼说。

查尔斯和杰曼位于蜂蜜山路上的房子已经被毁了，他们的父母也失去了几个街区外的住所。

181

他们一家周日就撤离到莫比尔去了，不过，他们每天都会回来，从避难的旅馆给朋友们带食物和水。

"我没话说了，这都算怎么回事，为什么还他妈有人滞留在新奥尔良？！"查尔斯的脸气得发红，"我才不管这是谁的错，我想要问题赶紧解决。那些人只会说：'你看，我们尽力了！我们警告过了，他本可以离开的！'可是人们根本没办法离开啊，他们没有地方可以去！'"

查尔斯和杰曼带我去看他父母家。查尔斯的父母——默特尔和比尔·科尔尼在院子里挑拣盘子。

"哎呀，安德森，我可真不想让你看见我这副狼狈的样子。"默特尔看见我时大笑着说，"这座房子原来可漂亮了，是我公公花了好大力气改建成的。他当时会亲自跑到工地来，研究把窗户开在哪边风景最好。"

"看，厨房的料理台整个儿跑到那边去了。"杰曼比画着说。

默特尔的手里捏着一只裂开的盘子。

"你准备用它做什么呢？"我问她。

"没准儿会用画框把它装起来吧。"她笑着说，"老天，我可是个艺术家！我大概会在上面画些什么。"

默特尔一开始不想撤离，不过，查尔斯在周日的时候劝她一定得走。

"离开之前，我用吸尘器把家里好好地打扫了一遍，一直干到夜里。"她摇了摇头，"我把房子打扫得那么干净，就是为了回来以后能住得舒服。"

"准备出发的时候，大家都站在车道这里笑话她。"查尔斯说。

"这还没完呢！"默特尔补充道，"你知道最好玩的是什么吗？说出来你们都得笑死。我收藏了一些石头，所以，我出来之前特意把那些石头全都好好地藏在房子里了！现在那些石头都没了，连房子里的地毯都没了！就这么轻轻松松地被卷走了，说出来你都不敢相信！"

我和默特尔一起大笑起来，这是我几天以来第一次发自内心地笑。然而，不久之后，我就离开他们家了，她爽朗的笑声和微笑的面容也渐渐远去。

"对于这种事，你什么准备都做不了。"她说，"我到目前为止还没有哭过。我离开这里以后也许会彻底放纵一下感情，好好地哭一场。虽然我还在拿典型的'默特尔式'乐观开着玩笑，可是到时候我可能会彻底发泄一下。不过现在……你能说什么呢？这就是上帝为我揭示的真相：至少此时此地我们还拥有彼此的陪伴。有些人已经没有亲人了，有些人现在甚至没有水喝，还有些靠透析维持生命的人急需药品。我们不能再抱怨什么了。这样的事同样发生在别人身上，他们能够从灾难中走出来，我们也可以。"

第二天是周六，我动身前往新奥尔良。韦夫兰到新奥尔良只有五十英里远，可是，因为封路和交通堵塞，开车过去花了好几个小时。在过去的几天里，我们的摄制组壮大了不少，CNN从亚特兰大调来了装有食物和汽油的卡车，足够我们独立运作好几周的时间。他们还弄了两辆房车过来，让我们有睡觉的地方。所以，当我们组成车队开往路易斯安那州的时候，队伍里有差不多十五辆车。

新奥尔良的大部分地区都被水淹没了。超级穹顶体育馆的撤离工作刚刚结束。在几天的等待与无法解释的延误后，终于有大巴前去把滞留在那里的群众转移到了休斯敦天文台。会展中心的撤离工作还在开始阶段，对面的街上支起了医疗服务帐篷，直升机在附近降落，把最虚弱的病患送往巴吞鲁日的机场和避难所。海岸警卫队的直升机照例在城市上空巡逻，不时在被水淹没的住宅区盘旋一阵，搜救被困在家中的居民。

CNN在新奥尔良机场建立了行动基地，我们在那里短暂地停留了一下，拿了一些装备——防水连靴裤和手持式卫星电话。当我们终于进入新奥尔良城时，那感觉如同穿越交战的前线。我们走得越远，所见的灾情就越严重。地图已经派不上用场了，我们一次次从死路里原路折返，摸索着沿水边找路，缓缓地向下九区前进。

在距离波旁街几个街区远的地方，我们在一个警察局前停了下来，想找他们借一艘船。一队警察已经在这里守了好几天。警察局的入口处挂着一张纸板做的标牌，上面写着"阿帕奇要塞"，这是他们给这个警察局起的新外号。

"我们管这里叫阿帕奇要塞，主要是因为我们被洪水和印第安人包围了。"一个戴牛仔帽的警察说道，他的脖子上挂着一副游泳镜。

"你为什么戴着游泳镜？"我忍不住问他。

"因为如果这里的情况变得特别麻烦，我就不得不游出去了。"我不知道他的回答是不是认真的，但我想他本人也不知道。

我感觉自己就像约瑟夫·康拉德[1]的小说里的角色。我随着河湾转向，找到了一个与世隔绝又武装到牙齿的部落。他们被孤零零地困在那里太久了，被周遭的恐怖景象搞得晕头转向。

"我们是幸存者呀，哥们儿，我们是幸存者。"一个年轻的非裔警察告诉我，手里紧紧地攥着一把霰弹枪。他虽然在跟我说话，眼睛却看着别处。"这地方跟交战区差不多，哥们儿，不过我们还活着。那些犯罪分子想把我们都干掉，但他们可搞不定我们。我们团结在一起，他们以为能干掉我们

---

① 约瑟夫·康拉德（Joseph Conrad，1857—1924），英国作家。康拉德曾航行世界各地，积累了丰富的海上生活经验，最擅长写海洋冒险小说，有"海洋小说大师"之称。

所有人，但他们没戏。事情就是这样。"

他四周前才从警察学校毕业。"学校教的东西在这里一点儿都用不上，"他慢慢地摇了摇头，"可你还是得做该做的事情。"

一个打扮得活像风暴拾荒者的警察腰带上挂着一把反曲弯刀，那是尼泊尔的廓尔喀人用的一种厚背宽头弯刀。我小时候也有一把这样的刀。据说，廓尔喀人能用它把活人一刀从肩膀劈到腰部。我没问那个警察有没有真的用过这把刀。

警察说，前几天晚上一直有人向他们开火，于是他们在附近的几个屋顶上布置了狙击手。"往死里打，哥们儿，往死里打。"一个警察微笑着说。

警察们把自用的船借给我们，这样我们就能继续到下九区去了。不过那实际上是CNN的船。卡特里娜飓风过去那天，CNN记者克里斯·劳伦斯带着这艘船来到新奥尔良，把它借给这群警察，让他们用船来营救家人和其他居民。

"市政方面难道不应该给你们配备一些船只吗？"我问其中的一名警官。

他没有回答，只是盯着我看。

"可别让我开始给所有'市政府应该做的事'列清单。"另一个警察答道，往地上吐了口唾沫，"你本以为他们会准备一些车辆或者额外的枪支弹药，可他们没有。没有灾害发生时的避难点，没有人告诉人们应该做什么。什么都没有，没有。"

法国区没有被淹，但从那里到水边还有一小段车程。我们爬上一辆载满了警察的卡车，所有人一起挤在车后斗里，枪支凌乱地指着各个方向。这是这群警官第一次出去巡逻。我们沿着圣克劳德大街一路开过去，人生地不熟。有几个居民看着我们的车开过，他们走得很慢，依旧没有摆脱由风暴引起的恐惧。有几个人的身上背着好几个一加仑装的水桶。他们在到处寻找食物。我猛地眨了眨眼。有那么几秒钟时间，我感觉自己好像回到了索马里，和五六个荷枪实弹的枪手一起挤在卡车里，没有规则，没有过去，没有未来。只有这一刻，只有这种感觉，稍纵即逝。

"看着点儿那所学校的窗户。"一个警察说。所有警察都转过身去，用枪指着我们右手边一栋三层楼的建筑。

"那是弗雷德里克·道格拉斯学校，"一名警官对我们解释道，"它已经被占领了。"警官没有说占领这里的到底是谁，但他看起来非常紧张，完全不确定我们在这一带会受到什么样的待遇。

教学楼的很多窗户都碎了，大门也敞开着。在楼顶的外墙上刻着一行字：弗朗西斯·T.尼克尔斯公立高中①。这个名

① 即上文的弗雷德利克·道格拉斯学校，原名弗朗西斯·T.尼克尔斯公立高中。弗朗西斯·T.尼克尔斯曾经是路易斯安那州的州长及最高法院大法官。这所学校于1940年建立，曾经是只收白人学生的种族隔离学校。种族隔离废止多年后，这所学校在九十年代中期重组及改名，新名字纪念的是黑奴出身的社会活动家、废奴运动领袖弗雷德利克·道格拉斯。

字听起来有些耳熟，但我一时想不起来在哪里听过。直到我们又往前走了差不多一条街，我才突然反应过来：我的父亲在新奥尔良上的高中，弗朗西斯·T.尼克尔斯公立高中是他的母校。

1943年，十六岁的父亲与家人一起搬到了新奥尔良。他的母亲选择搬到这座城市来，一方面是因为这里能够找到工作，另一方面是因为她两个出嫁的女儿都和丈夫一起搬过来了。祖母带着我父亲和另外五个子女一起挤在一间位于第九区的公寓里。从那里再过几个街区就是弗朗西斯·T.尼克尔斯高中。

祖母在希金斯－休斯公司找到了工作，那是一个军工造船厂。祖父不喜欢新奥尔良，他留在密西西比州继续经营农场。可是他很难招到工人，因为男人不是去打仗就是到工厂做工去了。农场的经营难以维持，他最终把土地租出去，在密西西比州找了一份铁路消防员的工作。

父亲对新奥尔良却一见钟情。这里对他来说是一个既陌生又神秘的城市。他在新奥尔良看了人生的第一场歌剧和芭蕾舞剧。和奎特曼相比，这里就像另一个星球。

1944年，父亲从弗朗西斯·T.尼克尔斯高中毕业。我在他的剪贴本里找到了一张新奥尔良本地报纸报道高中毕业典礼的剪报。在这篇文章旁边，父亲贴上了他所在的毕业班的合影。这所学校当时还在实行种族隔离。照片里的男孩子们都穿着衬衫和马甲，打着领带，女孩子们穿着及膝的裙子。父亲靠边站着，脸上带着微笑。他在照片里自己的头上画了个小箭头，还在旁边写了个"我"字。

这让我难掩笑意，因为五岁的我也做过一模一样的事情。当阔别美国二十余年、一直生活在瑞士的查理·卓别林第一次回国的时候，我的父母为他举办了一场欢迎派对。有人拍下了我和他握手的画面，这张照片被纽约本地的几家报纸刊登出来了。我把它从报纸上剪下来，用胶条贴在我的相册里。我在照片里自己的脑袋上画了个箭头，又在旁边写了个大大的"我"字。

九岁那年，父亲第一次带我来到新奥尔良。我不记得当时我们具体住在哪里了，只记得应该是在法国区。我喜欢波旁街。音乐、灯光以及街头表演者，那一切看着是那么成人化，带着那么多禁忌的气息，还有那么一点点危险，就像下流的迪士尼乐园。

我们去找他年轻时生活过的地方，很多东西都已经消失了。他当年常坐的去第一浸礼教堂的有轨电车已经没有了，他们一家人住过的那栋二层公寓楼也早已消失不见。

看到弗朗西斯·T.尼克尔斯的名字还刻在母校的外墙上时，他有些吃惊。尼克尔斯是十九世纪晚期路易斯安那州的州长，也是一个著名的种族主义者。不过，在新奥尔良，人们不会抹掉历史的痕迹。

我还留着我们当时在法国区闲逛的照片，我们坐在门廊里，拿勺子往嘴里送着樱桃味的刨冰。我们到公墓去参观一名著名女巫的坟墓，墓碑上有依旧相信她的魔力的人用白粉笔画的十字架。

在波旁街，我们换上古装摆姿势合影——我依然留着那张仿旧的黑白快照。（在南北战争期间，我父亲的祖先为南部邦联而战，母亲的家族里则有亲属曾经是北方联邦军队的士兵。因此，对儿时的我来说，内战一直是"妈妈派"和"爸爸派"之间的战争。）在照片里，我端着一把霰弹枪，父亲穿着南部邦联的军装，一只手搭在腰间的佩剑上。我以前从未留意过，如今再看这张照片时，我在他的眼里看到了恐惧。在那之前，他已经犯过一次心脏病了，就在那次旅行的一年前。他一定早就知道自己的心脏正在逐渐衰弱，他甚至可能在每次心跳中都感受着这个事实。一年之后，他去世了。

我们在下九区上船出发，没过多久就路过了一具女尸，她面朝下漂在一栋房子后面。一座车库的屋顶上扔着一盒没开过封的野战口粮，那是想要帮忙的直升机投下的应急食品。

在发现女尸的几个街区外，我们又看到了一具男人的尸体，他四肢摊开躺在一辆汽车的顶部，全身已经肿胀变色。

我在附近看见一条大白狗蹲在被淹了一半的树上。这一带到处都是狗——被困在台阶上的狗，冲着我们的船汪汪乱叫的狗，趴在行李箱上在浮着一层油的水面上到处漂的狗。我看见一条狗躺在什么东西的顶上，好像已经死了，就让我的摄像师克里斯给它的脸拍个特写。结果那条狗突然睁开眼睛，把我们两个吓了一跳。我有点儿兴奋，决定蹚过去给它一些干净的水喝。我刚从船里迈出去，就发现水深得能没过我的前胸。虽然我身上穿着防水连靴裤，可是裤子只到胸口，水直接从上面灌了进去，把我腰上挂的耳麦信号发射器泡坏了。我突如其来的动作吓到了那条狗，它飞快地游走了。

第二天，我们坐着船回到这里，看见海岸警卫队的直升机准备接走两个被困在自家门廊上的居民。我们彼此大喊着对话，每个人都注意到了我们的小船。直升机巨大的螺旋桨掀起脏水，溅到我们的嘴里和眼睛里。水是黑的，里面全是汽油、人类的排泄物、人类的尸体以及无数动物的尸骸。

一条坐着从附近的教区赶过来的搜救者的小船试着给直升机发信号，表示他们可以划过去接门廊上的那两个人。可是，那些救援者没有可以和直升机交流的通信设备，飞行员也看不见他们。船上的人看着海岸警卫队的潜水员一点点地下降到水里，摇了摇头，开着船走了。根本就不存在沟通与合作，这让他们很气愤。

直升机开走后，我们过去检查了那栋房子，确认里面没有其他人受困。我们浑身上下被脏水浸透了，只好把船开到没有水的地方，清洗眼睛，并且给皮肤消毒。

谁也没有提起我们看到的东西，我们关注的只有如何编写报道，应该使用哪些图片，插播哪些录音片段。我想，这样会让事情变得简单一些。我们每个人看待死者的态度都是不同的。有些人不会主动去看，假装尸体并不存在；有些人可能会因为所见的一切而心生厌恶，从而感觉愤愤不平。

有一天，我遇到了一位医护人员，他正在讲解尸体为什么会浮在水面上（因为内脏腐烂会产生大量气体，这些气体无法从体内排出）以及为什么有的尸体的头部会受到二次伤害（因为尸体会遭受水流和漂浮物的冲击）。我一定是表现出了很感兴趣的样子，因为他开始用大量详尽的细节给我解释溺死者抽搐时肩部肌肉会如何破裂，或者验尸官怎样经常在溺死者的指间和手掌上发现伤痕之类的情况——当人快要淹死的时候，他们会本能地想要抓住什么东西。

"有那么一具尸体，我们都管他叫'游泳好手哈利'。"一个八十二空降师的士兵摇着头对我说，"他到处漂来漂去，我们每天都得检查他又漂到了什么地方。就是这个游泳好手哈利。最后我们把他的鞋带系在一个路标上，他才终于不漂了。"

我把这些记了下来。虽然这些话听起来既无情又残忍，可是，如果你没有亲自到过这里，没有日复一日地面对过这里的炎热和恶臭，你就无权对此作出评判。

"你总得讲点儿笑话，才能让自己不发疯。然后这些笑话就越讲越奇怪了。"那个士兵接着说。他意识到自己说错了话，有些不好意思。

周日傍晚，我遇到了一个来自杜兰大学的精神病学者，他的名字叫杰弗里·罗斯。他一直和另一个名叫格雷戈·亨德森的医生在喜来登酒店里设立的临时诊所为警察和现场急救员提供治疗。

当风暴来袭时，罗斯把他的家人送出城后，自己带着绷带和药品回到了城里。他随身带着的还有一把九毫米口径的格洛克手枪。这把枪一直别在他的腰间。

"不带着这家伙我是不会回来的。"他按着腰上的格洛克手枪说，"我发过誓，要投身于救死扶伤的事业。我也不愿意伤害任何人。我必须回来帮忙。"

罗斯明显非常疲惫，他亲眼看到的以及没有见到的一切都让他感到深深的震惊。"给救援人员的支援都到哪儿去了？"他问道，"人们在本来并不致命的情况下死去。如果一个精神病学者都不得不孤身一人背着包带着枪参与救援，这就不是某个人的失误了，而是整个体系的失败。"

"这是我们唯一一次测试的机会，测试这种糟糕的事件——甚至是更恶劣的情况——在我们这样一个拥有核弹的国家发生后要如何应对。这一次，我们搞砸了。下一次，我们可能连搞砸的机会都没有了。"

不断有谴责的声音出现。自然灾害逐渐转变为一场人为的灾难。没有任何一个地方比新奥尔良的会展中心更能体现这一点。

"这里就是张开的地狱之口。"格雷戈·亨德森医生说。此时风暴已经过去了一周，他站在会展中心外一条垃圾遍布的街道上。"《乱世佳人》里的那一段你还记得吗？就是亚特兰大战役后，人们把街上的死尸拖回去那个场景。会展中心外面的情况和那一幕一模一样，前面那一片地方躺满了人。"

亨德森医生是一位病理学家。当风暴来袭时，他正在新奥尔良的丽思卡尔顿酒店参加学术会议。他没有逃离，而是留了下来，想看看能帮上什么忙。他接触了几名新奥尔良的警官，并从他们那里得知还没有给现场救援人员准备的诊所，于是决定在运河街的喜来登酒店里临时设立一个。

"我和两个警官'打劫'了一家沃尔格林药店。"医生告诉我，"有人砸开了法国区的一家药店，拿光了所有食物，但几乎没怎么动那些药。所以，警官一边拿枪指着来抢药店的那几个人，一边塞给我几个大垃圾袋：'好的，医生，你有差不多十五分钟的时间。'我打着手电筒进入药店，打开垃圾袋，走过每一组货架，把架上所有东西都扔到袋子里。我装了整整十五分钟，才把袋子一个个递出去。我就是这么在喜来登酒店里开起诊所的。"

卡特里娜飓风过去两天后，亨德森医生听说会展中心的情况很糟，就在一名警官的陪同下前往那里。他本以为可以和那边的医疗救援队会合，到达会展中心后，才发现那里根本就没有什么医疗救援人员，只有避难的居民，成千上万名避难的居民。

"里面的气味难闻极了。"他一边说，一边带着我穿过一扇没上锁的大门，走进如今空无一人的会展中心。那股气味依然弥漫在空气中。今天是周一，风暴已经过去了整整一周。滞留在这里的人们周六乘坐大巴转移了，但他们留下的垃圾还扔在原地。两条被人抛弃的小狗还留在会展中心里，不停地叫着。

"到处都是人。"亨德森医生说，"从这里到外面的路上，甚至马路对面，真的是密密麻麻的一大群人。没有空调，只有无数哭喊着挣扎在死亡边缘的人。"

风暴降临那天，超级穹顶体育场的官员让躲避洪水的人们到会展中心来，他们说很快就会有大巴来把避难者接到其他城市。然而，大巴直到周末才到达。会展中心根本没有成为避难所的条件。这里没有医疗护理，也没有警察执勤。在超级穹顶体育馆，人们必须经过安检才能进入，而会展中心连安检都没有。

"我戴着一副听诊器在这样的人群里穿行。"亨德森医生回忆道，"我都要搞不清楚自己是医生还是神甫了，你明白我的意思吗？因为对于病得很严重的人来说，只戴着一副听诊器是没什么用的。你能做到的只有找那些病得不算太厉害、还能够活下来的人，把听诊器按在他们的胸口，握着他们的手说：'再坚持一下，我保证救援物资会来的。'"

"你说这种话的时候自己信吗？"我问他。

"我内心深处是有几分相信会有救援的，我只是不知道他们什么时候才来。"医生环视着空荡荡的大厅，"我相信，他们不会一直把我们丢在这里不管的。"

亨德森医生从地上捡起一只童鞋，眼泪顺着他的面颊滚滚流下。

"你到处都能听到那些声音，"医生继续回忆着，"他们说：'会有人来救我们吗？''医生，我需要你，医生。医生，医生，医生，医生，我们在这里，在这里。'这五天的无政府状态——姑且这么说吧——导致了彻头彻尾的混乱无序。我听说了一些非常悲惨的事件，媒体对这些事件大肆报道，反而导致了这里得不到帮助的恶果。我想，外面的人们似乎已经达成了共识，就是被困在这里的人都在忙着自相残杀：'如果你不想死的话，就离那地方远点儿'。"

我一言不发，和亨德森医生一起穿过空旷的会议中心，震惊于这一切居然能够发生，而救援居然拖延了那么久才到来。

地方级、州级乃至于联邦级别的官员都知道这种级别的风暴可能带来什么样的影响。前一年登陆的飓风伊万就和它差不多。可是，似乎没有人为卡特里娜飓风进行积极的准备。虽然电视新闻进行了大量的报道，但联邦应急管理局的领袖迈克尔·布朗直到周四被记者提问时才知道有人被困在会展中心。

"我们可能总是过于自大地看待彼此，还会说'这可是美国，不会发生这种事的'。"亨德森医生说着，和我一起在会展中心外的马路边坐了下来，身旁到处都是垃圾堆，"这是耻辱，是这个国家的耻辱。这个国家再也不能发生这样的事情了。如果我们不从这次灾难中吸取教训，那前景会十分恶劣，因为这样的惨剧肯定会一再发生。"

我的祖父是在新奥尔良去世的。那是1944年的事。父亲当时十七岁，刚刚从高中毕业，在运河街一家名叫布朗榭公馆的百货商店里做男装销售员。这家商店早就关张了，但那栋大楼现在还在，它被改成了丽思卡尔顿酒店，也就是亨德森医生在卡特里娜飓风来袭时停留的地方。

当时祖父到新奥尔良来探望家人。一个周五的傍晚，他躺在起居室的沙发上睡着了，此后就再也没有醒过来。祖母立刻带着年纪小一点儿的孩子们返回了密西西比州，父亲则留下来处理葬礼相关事宜。

他们父子之间的关系从来都说不上亲密。父亲一直非常畏惧祖父火爆的脾气和难以预测的情绪。他在书里提及祖父的时候，把他描写成了一个"集魅力、疯狂、吸引力与暴虐于一身的生物"。

祖父并不是个虔诚的人，他从来不去教堂。"全知全能的上帝了解去教堂的每个人，"他曾对我的父亲说，"可是他对我一无所知。当我死的时候，我就和从树上掉下来没人管的枯树枝没什么两样。"

父亲不知道要怎么处理祖父的遗体，于是他给拉玛那–帕诺–法罗殡仪馆打了电话。他只知道这家殡仪馆，每天他都会坐着有轨电车从它的门前路过。

当父亲去殡仪馆领走祖父的遗体，准备把他送回密西西比州安葬的时候，殡仪馆的人对遗体的安排让他吃了一惊：祖父被安放在一尊巨大的圣母玛利亚雕像张开的双臂下。

"我不知道他们是怎么做的，"父亲写道，"可是他们把他打扮成了一个意大利人。他看起来和意大利银行家简直一模一样。他的头发被梳得油光水滑，他们就差给他贴上一撮儿小黑胡子了。他们还让他在手里攥了一个银色的十字架。这种不协调实在太扎眼，如果不是当着一群陌生的体面人，我可能就要直接大笑出声了。拉玛那、帕诺和法罗，这三位好先生要为一手打造了这极具喜剧效果的一幕负责。"

在当时的默里迪恩，人们还不是很能接受这种银十字架。所以，在送遗体回密西西比州安葬前，父亲让殡仪馆的人把十字架拿走了。

卡特里娜飓风过去几个月后，我在新奥尔良的《时代花絮报》上看到了一则葬礼通告，内容是一名遗体于最近才被找到的女士的葬礼，举行仪式的地点居然是拉玛那–帕诺–法罗殡仪馆。原来这家殡仪馆虽然在很久之前从圣克劳德大街上搬走了，却依旧在新奥尔良一带营业。它同样经历了风暴的侵袭，如今正在努力帮助遇难的人们踏上归乡之路。

AFTERMATH

灾难过后

周二，风暴过去整整一周了，洪水一天天地逐渐退去。上周这里还面临着警力不足的困境，这周就显得警察太多了。从全国各地调派来的数千名执法人员汇集到新奥尔良，但遇难者的遗体依然无人收殓。还有几百名居民打算在原地咬着牙挺过去，拒绝离开他们的房子和家里的宠物。

"这可真是一场好戏。"一个新奥尔良警察大笑着对我说，"现在城里有差不多两万个警察，干什么用呢？为了应付那三千人吗？就连应该被派到伊拉克去的武装人员都跑到这里来了。我手底下有几个人，我负责带他们到处转转，加强巡逻。他们对我失望极了，因为他们没有事情可做：'我们想要行动，我们想要行动！''行吧，那真是对不起了，我们没法儿给你们安排什么行动，好让你们拿着那些没摆弄熟练的家伙在这里玩战争游戏。'这当然是开玩笑。来的人实在太多了，他们来得也实在太晚了。这就像一场警察的狂欢节大游行，唯一的区别是没有人会去接扔出的珠链①，因为

---

① 在狂欢节游行中，花车上的游行者会向道路两侧的观众投掷大量的塑料珠链。

街上没有人。"

联邦调查局，联邦应急管理局，移民与海关执法局，酒精、烟草及火器管理局，洛杉矶警察局，应急反应小组，纽约警察局——所有能来的组织都来了，而且他们看起来都差不多：奥克利墨镜、纳科战术背心，大腿上捆着手枪套。他们身穿印着各种抖机灵的标语的T恤到处站着，手里端着大口径的突击步枪，枪口向下，食指搭在扳机上。

每个人都想帮忙，可是，他们能做的事情并不多。我在一个检查站被国民警卫队的士兵拦了下来，我给他看了我的证件，可是另一个士兵管我要其他证明。

"你有营长的介绍信吗？"他问。

"我不需要营长开介绍信。"我答道。他点了点头，挥手放我过去。

"干得漂亮，欧比旺①。"摄像师尼尔·霍尔斯沃思对我说，"我们可不是给你送信的小机器人②。"

不论是骇人的尸体，还是人们犯下的过失，都不再会让我感到震惊。人毕竟不能总是处于惊愕的状态中。那种愤怒虽然不会消失，却会在你的心里逐渐沉降下来，并最

---

① 欧比旺·克诺比，《星球大战》系列中的人物，是一位绝地武士大师。
② 此处也是利用《星球大战》的剧情开的一个玩笑。剧中莱娅公主在得到帝国最可怕的武器死星的图纸之后，将其存储在一个小机器人（原文为droid）R2-D2的系统里，让它去寻找隐居的欧比旺·克诺比。

终转化为决心。我感觉自己与周边的一切紧密相连，再也不是置身事外的观察者。我感觉自己真切地身处其中，与其息息相关。这种情况和在斯里兰卡的时候不一样，我无法回到没有被灾害影响的酒店里去。我们每个日夜都被包围着，没有出路。就算的确有办法逃离，我也根本不想离开。我不再检查手机短信和电子邮箱，也不给家里打电话了。我不想离开这里。

我们睡在停在运河街上的拖车里，那地方距离我父亲工作过的布朗榭公馆百货商店不远。有时，在播报结束后的夜里，我们会三五成群地坐在拖车外面，看着空荡荡的建筑在夜幕上的剪影。我们不需要交谈，彼此之间已经形成了默契的纽带。我们置身一片全新的领域，那是悬崖的边缘，是无名之地，我们每个人都明白这一点。整座城市都裸露着：皮肉与鲜血，肌肉与骨骼。新奥尔良是风暴的碎片划开的鲜血淋漓的伤口。

不知从何时开始，我发现有些事情发生了改变。我不认为这种改变是在具体的某一天或者某一时发生的，就像你原本正处在哀悼中，却突然发现伤痛已然消退了。你不记得那痛苦到底是何时消失的，但是可能有一天你突然就再次笑了出来。那让你有些震惊，因为你已经忘记自己的身体还可以发出这样的声响了。

此时，在新奥尔良，我一直努力维持的与外界的隔阂早已土崩瓦解，它被深重的情感与记忆的力量彻底摧毁了。长久以来，我一直试着把自己与过去分离开来，我想要向前走，忘记我都失去了什么，然而真相是，一切从来不曾被遗忘。我的过去依旧缠绕在我的身边，而在新奥尔良，我再也不能对它视而不见。

当我出生的时候，我的父母住在纽约上东区的一座五层独栋里。正门两侧有一对石狮子，静静地守卫着我们的家。房子里有大理石砌成的大厅和螺旋楼梯，我虽然记不清楚这栋房子的很多细节，却还记得里面那些绿色的"里戈"牌蜡烛以及它们燃烧时浓烈的香气。烛光闪烁，映照着一只只酒瓶：法国苦艾酒、冰凉的"生命之水"白兰地以及用野猪牙做手柄的高脚银杯里盛着的白葡萄酒。墙上挂着帷幔，那丝绸非常柔软，而绒线绣的靠垫对小孩子柔嫩的脸颊来说就稍嫌粗糙了。桌上摆着许多抛光发亮的木碗，碗上镶嵌的纯银小鱼活灵活现。

每当我父母开派对的时候，他们总是鼓励我和哥哥参加。我记得，父亲带着我穿过烟雾缭绕的房间，把我小小的手安稳地握在他的手里。我伸直脖子四处张望，看到的只有一些一闪而过的面孔以及灯罩滤下的柔光。来宾有涂脂抹粉、唇色艳红的女子，也有穿着沉重的皮鞋、戴着法式袖扣的男士。客厅里充满了演员和艺术家，他们是社会专栏与人们茶余饭后讨论的焦点。杜鲁门·卡波特是我家的常客，他身材矮胖，口齿不怎么利索，总是逗得我哈哈大笑。安迪·沃霍尔也会来，我有点儿害怕他那头白发。

到了固定的时间，我和哥哥就会上楼回我们的卧室。我们躺在床上，在黑暗中听着楼下的响动：谈笑、击掌、碰杯，这一切含混不清的杂音让楼板微微颤动。我们闭上双眼，听着有人弹起钢琴，一个女声唱着"早安，心痛，我的老朋友……"她遥远的歌声把我们送入梦乡。

我从来没想过这是什么特别的事情，我更不相信这种生活有朝一日会画上句号。我父母双全，还有哥哥和保姆，我在童年时代从未尝过"失去"的滋味。父亲的过世打开了第一道缺口，而逃避似乎是个更简单的选择。

父亲死后，我们每隔几年就会搬一次家——公寓一次比一次大，布置得一次比一次漂亮。每次搬家后，母亲都完全闲不住，她不知疲倦地装饰着新房。我和哥哥却知道，她过不了多久就会再次开始寻找新家，寻找另一个安身之地以及另一片供她挥洒的空白画布。

我到了十二岁才知道原来母亲很有名。当我上初中的时候，她设计的一系列牛仔裤获得了巨大的成功。街上会有人突然停下脚步盯着我们看，并对我们指指点点。我和哥哥觉得这很好玩。我们会计数，数着我们有多少次看见母亲的名字被绣在某人的牛仔裤后袋上。

母亲有一次对我说，她能够从童年的创伤中生存下来，是因为她相信自己的内心深处有一块坚硬的晶核，它就像钻石一样坚不可摧。父亲死后，我感觉自己的心中也生成了这样一块磐石。然而在新奥尔良，这块顽石开始碎裂了。

波旁街依然处于封闭状态，但是一家鸡尾酒吧悄悄地重新开张了。我想，它应该是灾后第一家开张的酒吧。虽然前门上还钉着木板，但是，透过厚厚的防雨帘，你能听见音响重低音的轰鸣，可丽丝正唱着："我的奶昔把男孩子们都招到后院，我的奶昔可比你的要强得多……"[1]这是飓风发生以来我第一次听到音乐。

想要进入酒吧的话，你得先绕到后面，穿过皇家索尼斯塔酒店的大堂。酒店也刚刚开始营业，在拖车里住了一个礼拜后，我们搬进了这家酒店。联邦调查局的人也住在这里，还有一群无家可归的新奥尔良警察。

酒吧的一整面墙都是冷藏柜，里面冷冻着鸡尾酒：疯狂芒果、柑橘风暴、血红飓风。店里挤满了形形色色的人：记者、警察、联邦调查局特警队员以及几个喝得醉醺醺的护士。每个人都在喝鸡尾酒和啤酒，或者一杯杯地干着烈酒。男人

---

① 这是美国女歌手Kelis于2003年发行的热门歌曲 *Milkshake*。

比女人多一些，几个年轻的警察不住地打量着那些护士，他们饥渴的眼神中欲火难耐。

那天早些时候，我偶然遇到了菲尔·麦格劳博士[1]。一些志愿者设立了临时厨房给一线救援人员做饭，厨房里正架着几台摄像机拍摄《菲尔博士脱口秀》。一位制片人找到我，问我愿不愿意跟菲尔博士聊聊。

"你指的是让他作为心理治疗师跟我聊聊，还是让他在我的节目里当采访对象？"

"都可以啊。"制片人耸了耸肩。

山达基教徒也跑到这里来了。柯斯迪·艾黎带来了一大帮教徒，约翰·特拉沃尔塔也在其中。不过最厉害的是史蒂文·西格尔[2]。他什么人都没带，也没有跟着任何一个团体。有一天深夜，我看见他穿着警察的制服，煞有介事地和杰弗逊郡警察局的一队警察一起巡逻。他还和他们的特警部队一起出去过。我和他谈过话，他走之前双手合十，举在脸前鞠了一躬，然后跳上一辆警车加速开走了。

"西格尔和杰弗逊的警长私交很好。"一个新奥尔良警官告诉我，"有那么一个酒吧，很多警察都喜欢到那儿喝酒。我记得，前几年的某一天，西格尔带着几个人推门进来，拿

---

[1] 当红脱口秀节目主持人、电视心理学家以及畅销书作家。《菲尔博士脱口秀》是他的一档电视访谈节目。

[2] 好莱坞著名动作演员，同时是一位环保人士、合气道武术教练和动物权利行动人士。

出一张他自己的8英寸乘10英寸的带相框的照片，直接把它往墙上一挂。"

"这就过了吧，"我说，"还能有这种事？"

"骗你是孙子。"警察说，"他一走，我们几个就拔枪把那个破玩意儿打下来了。一颗子弹甚至打穿墙壁，打进了隔壁的汽车租赁门店里。"

我不喝酒，但我喜欢这个酒吧，因为这里没人说废话。几天以来，当地警察机构的领袖埃迪·坎帕斯一直抱怨着警方在风暴之后面临的各种困境，说他们因为军火库被洪水淹没而缺乏补给。当我在酒吧里对警官们谈起这件事的时候，他们哄笑起来。

"我可以带你到那个军火库去看看，"一个警官告诉我，"那里早他妈空了。警察局没钱，而且在风暴袭击前很久就没钱了。"

不少警察感觉受到了背叛，压力来自四面八方，背后还有人捅刀子，搞得他们狼狈不堪。媒体专注于报道警察在风暴期间表现失职的案例，这也让他们很恼火。我不会为此责怪他们，在一千七百名警官中，只有一百二十人没有履行职责。绝大多数警察都坚守岗位，夜以继日地工作。他们吃住都在警察局里，排成几班连轴转。在第六区，警局总部被水淹没，警官们不得已在沃尔玛超市的停车场里建立了临时指挥部。他们追捕借机洗劫店铺的劫匪，避免了上百把枪支外流，为此他们一连数周都只能在车里睡觉。

一天晚上，我在那家沃尔玛超市里待了几个小时。警察现在管这里叫"沃尔玛要塞"，我对他们讲了我第一天到新奥尔良时在法国区遇到的那群警察的事，他们给自己的指挥部起名叫"阿帕奇要塞"。

"我跟你说吧，"第六区的指挥官安东尼·卡纳泰拉队长告诉我，"我们这里才是阿帕奇要塞。法国区那几个小子可能的确用了这个名字，但我们这里才是真正的阿帕奇要塞。"

我们和五六个年轻警察一起坐在长凳上，在停车场里吃烤肉。有些警察是从得克萨斯州赶来支援的，他们每天晚上都会支起烤肉架，把他们能找到的所有肉都拿来烤。卡纳泰拉队长说话的时候脸一直背着光，这里依然没有电，但有一台发电机给维持这一地区照明的唯一一盏灯供电。烤架上的烟雾在灯光下盘旋缭绕。

"这我可说不好，"我半开玩笑地对他说，"他们可是连标牌都有——上面写着'阿帕奇要塞'——就挂在他们警察局的大门口。"

"那我们得去看一眼。"一个警官说，带着几个同伴起身离开了。

卡纳泰拉队长是个双臂粗壮的大个子，他在警察部队已经干了二十多年。

"你可不会想被那个大家伙打一巴掌的。"一个年轻的警察笑着说，指了指队长的一双大手。卡纳泰拉队长显然非常关爱他手下的姑娘小伙们，我能看出这些年轻人愿意为他做任何事情。

"我们这些老家伙有时候会看不起警察队伍里的年轻一代，"队长告诉我，"可是，我得跟你说，这些孩子把前两个礼拜的工作完成得棒极了。不论何时何地，我都会信任他们。"

差不多一个小时后，我正准备离开，一辆巡逻警车开进了停车场。车上下来两个年轻的警官，其中一个手里拿着手写的"阿帕奇要塞"的标牌，几分钟前它应该还在第一区的警察局门口挂着。

"你怎么把它弄到手的？"我大笑着问他。

"我们悄悄溜过去，爬到执勤人员的桌子底下，把这玩意儿剪下来了。"一名警官笑嘻嘻地答道，"现在那帮浑蛋该知道哪个才是真正的阿帕奇要塞了吧？"

"我不觉得自己还能用以前的眼光来看待这个地方，"凯西·盖斯特上尉说，"至少我再也不会来这里看橄榄球比赛了。"

我们此时正站在超级穹顶体育馆的球场上。这里空荡荡的，只有几十名穿着白色防护服的清洁工清理着看台和地板上的污迹。体育馆里很吵，小型卡车来来往往，一趟趟地运输着人造草皮上成堆的垃圾。到处都是各种破烂：小孩子玩过的橄榄球，被遗弃的轮椅，被避难者们吃了一半、早已腐烂变质的食物。大约有两万人在超级穹顶体育馆避难，市长把这里称为"最后的避难所"，告诉人们遭遇险情后到这里来。他原本希望联邦政府的救援在两天之内赶到。可是救援并没有来，而"希望"和计划是两回事。

盖斯特上尉在八十二空降师服役，他曾经去过巴格达，却说这里的情况简直比巴格达还要糟。关于超级穹顶体育馆里发生的事情，他听过不少真假难辨的传闻。虽然难以判断，但他倾向于相信一切都有可能在这里发生。

"人们在这里吸毒，在地板上做爱，还到处开枪。"他回忆着自己听过的各种说法，"这听起来就像是发了疯，那种完全无法控制的疯狂。"实际上，超级穹顶体育馆里多少还是有一些秩序的。这里有医疗护理、充足的食物和水，以及警察和国民警卫队在场执勤。不过，大坝决堤后，电力供应中断，超级穹顶成了蒸笼。市长事先告诉过人们避难时自备食品，有些避难者照办了。可是，随着洪水不断漫延，越来越多的人开始涌向体育馆。

"人们开始在这里随地大小便。"盖斯特上尉摇着头说，"你知道，其实完全可以找个墙角之类的地方，所有人都在那个固定地点上厕所。可是他们居然在场地中间直接脱裤子

213

开始方便。"

我们总觉得自己是文明人，相信我们有能力保护自己不被某些蒙昧的冲动所驱使。然而真相是，这一切文明的假象很容易就会剥离。绝望的人有时会做出可怕的行为，新奥尔良的情况就是这样。没有照明，室内温度不断上升，我们很容易在炎热的驱使下陷入冲动过激的情绪中。人类什么都做得出来，这种事我见过太多次了。是伟大的善举，还是残酷的屠杀，这一切只取决于我们自己。

他们很快就能把超级穹顶体育馆打扫干净，会展中心的垃圾也会被清扫一空。看来很多人都希望那些记忆和它们的证明随着垃圾一起消失，就像抹去石板上的粉笔字迹。早晚有一天，超级穹顶里会重新举行橄榄球比赛，我们也会忘记今日学到的所有教训。

"记着我说的话，哥们儿，"有一天，一个警察告诉我，"这些都会被打扫干净，然后就没人记得了。这些事没有什么狗屁意义。人们只会把所有事遮掩过去。你知道，遭殃的那些人都很穷，没人会为他们说话的。"

"你真的相信人们会遗忘那些事吗？"我问他。

"我家甚至有亲戚跟我说：'你干吗不走呢？你还留在那里做什么？你当警察又不是为了干这个的。'可是我爸参与过诺曼底登陆，假如他当年也说了'算了吧，我不干了，我参军又不是为了干这个，死的人太多了，大屠杀太可怕了'

这样的话，那会怎么样呢？你不可能一走了之。你也不可能简简单单地遗忘。"

我尽量不去想象哥哥挂在阳台边的样子，尽量不在脑海里描绘那幅画面：他的身体紧紧地贴着阳台的护栏，双腿悬空，脚下就是十四层楼之下的水泥地面。会有在夏日夕阳下漫步的情侣不经意间瞥见他纵身跃下的身影吗？欢聚在餐桌旁共进晚餐的一家人会不会看到坠落的他从他们的窗前划过？落地前最后一刹那他在想些什么呢？

自杀这件事就是这样。不论你多想要记住逝者生前的时光，在你的记忆中挥之不去的都往往只有他结束生命的方式。这就像开车从一辆撞毁在路边的汽车旁经过，你实在是难以抗拒把头伸出车窗看一看的诱惑。

"我还能再感受到什么吗？"

这是哥哥纵身坠落前留下的最后一个问题。那时我完全无法理解这句话是什么意思。实际上，如果不是母亲最近又提起这件事，我可能根本就想不起来他这样说过。

哥哥和我都试着通过麻痹来让自己忘记痛苦，摆脱那些困扰着我们的过去。我现在只后悔当初没有告诉他，他并不是孤身一人。在他通过自杀离开我们之前，其实是我首先抛弃了他，我现在才意识到这一点。我本可以接近他，敞开心扉和他交谈，可是他让自己变得难以接近，而我当时也只是个自顾不暇的毛头小子。

在自杀的几个月前，哥哥去过一次密西西比州，回到了父亲的故乡奎特曼。我当时对此一无所知。哥哥去世后，我去他的公寓里整理遗物，找到了一卷他从来没拿去冲印的底片。那是他在这次旅途中拍下的照片。我父亲的姐姐安妮·洛瑞当时还住在奎特曼，卡特本可以去找她的，不过他没有去。他只是在城里到处游逛了一番。时至今日，我才知道，在人生的最后一段时光中，他一直在到处寻找着能让他感受到什么的东西，可他就是找不到。

在我经历的每一场灾难中，都少不了借机中饱私囊的人。哪怕在索马里这样的地方，也有人靠走私军火、兜售恰特草以及给记者提供车辆和安保赚到了大把的钞票。鬼知道还有多少人在伊拉克靠地下交易和假合同赚得盆满钵满。至于新奥尔良，城市的一大部分还泡在水里，投资人就已经开始到处乱转，寻找可以低价买入的地产了。

"我在房地产这行干了二十年，这种事还是第一次看见，"布兰迪·法里斯开着她银色的SUV穿行于新奥尔良的花园区，"就跟疯了一样。这两天有一大帮投资人给我们打电话，想要在新奥尔良购置地产，不论位置在哪里都行。甚至被水淹了的房子他们都愿意买。"

法里斯是巴吞鲁日市二十一世纪地产公司的经纪人，这是她灾后第一次回到新奥尔良。她来给刚刚登记在名单上的地产挂上"待售"的标牌。联系她的买家来自迈阿密、西雅图和纽约。

"他们说:'我们想买地产,不用去现场看。'他们根本不在乎房子有没有被水淹。飓风安德鲁过后就有人这么干了——低价买下所有被淹没的地产,时机一到就开始重建。"

法里斯的名片上印着一张她的照片:一头金色的长发,满口白亮亮的牙齿,典型的南方人的笑容。她本人和照片上看起来一模一样,只是耳朵上总挂着无线耳机,她的手机似乎每过几分钟就要响一次。

"不确定因素太多了,"她皱了皱鼻子,"我们需要评估受灾的程度,好决定我们要不要到法院去变更地产类型。现在我们根本没办法向法院递交材料,很多房主都说他们的文件被水泡了。他们既没有证明房主身份的东西,也无法证明他们的房屋抵押贷款是多少钱。我们只能先签下购买协议,然后等着看情况会有什么变化。"

法里斯的车里装满了二十一世纪地产公司的标牌,她用锤子把这种插在棍子上的标牌逐一钉在各家院子的废墟里。她还插了一个写着她的名字与佣金的牌子——登上名单九十天收取百分之四的佣金。

"我们当然不是乘人之危,"法里斯解释道,她很介意自己的言行给我留下的印象，"不论什么情况，都少不了这些秃鹫投资者①。可是这么做对每个人多少都会有些好处，不管是富人还是穷人，是投资还是租赁。我希望一切都会变得很好。"

我们下了车，走向一座刚刚登上她的名单的房屋。她脚踩着高跟鞋，在铺满鹅卵石的路上走得摇摇晃晃。

"说真的，这是什么味道？"法里斯问我。

"应该是条死狗，也有可能是死人。"我答道。

"这可真糟糕，情况比我想象的要恶劣多了。"她说。

"这种气味对买房子的人来说会有什么问题吗？"我问道。

"我们一次只能处理一个问题，"她眼都不眨地告诉我，"现在每个人都有各不相同的需求。这非常情绪化，也非常令人伤感。"

根据法里斯的统计，在过去的几周内，二十一世纪地产公司仅在巴吞鲁日就卖出了一千五百套房子，这对他们的业绩来说是一个巨大的提升——而且房价在不断地上涨。她不太确定新奥尔良日后会发生什么，但她认为不论事态的走向如何，她都能够从中获利。

"我希望一切都能好起来，"她带着灿烂的微笑说道，多年以来，这笑容帮助她谈妥了好多单地产生意，"布什总统

---

① 指专门投资处于经营困难状态中的公司，期待转亏为盈的投资者。

说，他要重建新奥尔良。我们相信，前景肯定一片大好。我们非常期待新奥尔良的美好未来。"

布兰迪·法里斯是个彻底的乐观主义者。

风暴过去两周半了，鸡尾酒吧里音乐声滚滚如雷，正在放的歌是Outkast乐团唱的 *Hey Ya*。酒吧里的人不算很多，这让我第一次留意到所有白人警察都集中坐在一侧，黑人警察则坐在另一侧。

一名跟我坐在一起的警官对CNN很恼火，因为我们播送了一则关于几名警察在风暴过后参与劫掠的报道。他没有对事件的真实性作争辩，只希望我们至少能指出这只是个别警察的行为。

这名警官刚刚休了两天假。他开车去看他住在别的州的孩子，用的是新奥尔良警方允许警官们休假时使用的一辆警车。但是，他每开几个小时，就会被州警拦下来一次，他们以为他是个逃兵。

"第一个把我拦下来的警察给了我一张名片，以防后面的警察找我的麻烦。不过，下一次出现这种事的时候，其他警察根本不看那张名片，还是会把我的车拦下来，让我把事情的经过原原本本地说一遍。"他们自己人似乎都开始互相针对了。

同桌的另一名在本地干了十几年的警官说他在考虑离职。

几年前，中西部一个小镇的警察局联系过他，希望他过去工作，可他拒绝了。如今他打算主动给那边打个电话。"到哪儿工作都可以，我不在乎，我只想离开这里。"

"在'9·11'事件中，他们会像处理犯罪现场一样认真检查。"他的手里捏着啤酒瓶的瓶口，"在'9·11'事件中，他们会仔仔细细地在废墟里搜索，一个碎片都不放过。可到了这里，他们直接开着推土机把那些房子一推了事，有些房子里甚至还有人呢。再过上几个月，人们聚在一起聊天的时候可能会说：'对啊，老乔伊出什么事了？他跑到哪里去了？'没有人知道答案，有些人就这样凭空消失了。"

他的邻居死了两个礼拜后，才有人发现她失踪了。"我去了她家，找到了尸体。"他说话的声音有些哽咽了，"几个月以前，我上了法医培训课。课上讲过，在这种情况下，应该先找苍蝇。我确实是跟着苍蝇的嗡嗡声找到我邻居的。"

和这些警官一起喝酒的时候，我不由得想到，他们可能是唯一会记住这里发生过的一切的人。我见到的不过是恐怖的片段，而他们见证了全部——他们知道那时谁在这里、谁不在，他们知道谁是真正的英雄。

一名警官说："你能看出来，这都是那些人造成的。"他用一只手比画着某人说话时嘴巴开合的样子，"都是那些空口说大话的家伙，他们才是临阵脱逃的人。"

风暴来袭的时候，他的未婚妻劝他离开。"'去他妈的吧，'她跟我说，'去他妈的警察。'"他攥着啤酒瓶说，桌上还放着十来瓶或满或空的啤酒，"我跟她说：'我认识你之前是警察，我没有你也会是警察。所以滚你妈的蛋吧。'"

像很多警察一样，他也试图在坚守职责的同时尽量照顾家人。他开着一辆摩托艇去救他搭档的母亲，可是，把她救出来后，他意识到还有更多人需要救助。

"我们拐了个弯，发现那边房顶上还有几十个人，他们都在呼喊着求助。你还能听见有人被困在他们的房子里，你能听见他们的尖叫声。转身开走，把他们扔在黑暗中不管，这实在是最难以忍受的事情了。"他静静地讲述着，语带悲凉，"可我只有二十三岁。"

在灾难和战争中，救助他人的往往不是政府——至少在一开始不是。那些助人者只是一个个普通的个体：警察、医生、陌生人，在所有人都退缩不前时挺身而出的人。这场风暴中涌现了无数的英雄，那些男男女女抓起身边的绷带、斧头或者手枪，去解决了急需有人解决的事情。

午夜过后，我和五六个警察一起在波旁街上闲逛。一片漆黑的街道上空荡荡的。警官们都下班了，身上没穿制服。一个路易斯安那州的州警停下车，要求检查他们的证件。他知道这几个人是新奥尔良的警察，可现在已经过了宵禁时间，而他也想要在他们面前立立规矩。

"去你妈的，"一个警官对他吼道，"你跑到我的城市里来，跟我说我违反了宵禁？去你妈的！"州警开车走了。我们回到了酒吧，因为没有别的地方可以去。

头上依然不时有黑鹰直升机飞过。那声音虽然刺耳，却也给人以安慰。机动部队来了，救援也来了。他们不时从屋顶或者门廊上接走困在那里的人。那些当初决定留在家里不肯撤离的人此时忍耐到极限了。

风暴袭击以来，位于新奥尔良机场的海岸警卫队指挥中心的走廊里一直挤满了在航行间隙稍事休息的飞行员与机械师。从全国各地赶来了几百名海岸警卫队飞行员，他们驾驶着鲜红的直升机，如同天使一般从天而降。

汤姆·库珀少校在风暴过去的几个小时后就接到了飞往新奥尔良的救援任务。他高中一毕业就加入了海岸警卫队，也参与过许多灾难的救援，这次经历却让他永生难忘。

"这些画面会一直留在你的脑子里，你明白吧？"他说的是自己救上来的那些人，而我完全理解他想表达的是什么，"你没法儿跟他们说话，因为直升机的声音太吵了。你偶尔能听见一两句他们喊'谢谢你'的声音，但绝大多数交流都只是直视他们的双眼而已。"

"那感觉就像灵魂出窍一样，你明白我的意思吗？看着那种事情，亲眼看着那种事情在自己的眼皮底下发生——人们从阁楼里爬到房顶上，冲着你发求救信号，盼着你去救他们。"

在悬停的直升机底下，螺旋桨的扇叶会掀起一场小型的风暴，把热气吹到你的脸上，把水花溅得到处都是。当直升机悬停时，库珀少校是看不见下面的人的。一般情况下，他应该还有一名副驾驶，可这里的任务太紧张，他往往只能独自驾驶。他的身后蹲坐着一名飞行机械师，帮助他在悬停时保持角度。机械师也操纵着海岸警卫队的潜水员下降时使用的升降吊索，凭借缆绳和升降吊索，潜水员可以下降刚好二百英尺的高度。

风暴过后的第二天，库珀和玛利亚·罗德里克少尉一起飞往现场，后者刚刚获得海岸警卫队飞行员的资格，这是她第一次执行救援任务。

"不论你往哪边看，都会有别的人让你分心，因为到处都有等待救援的人。"罗德里克回忆道，"你不得不开始给那些人分类，比如'这里有孩子'或者'这里有老人，我觉得他们需要医疗救助'之类的。"

在卡特里娜飓风过后的六天之内，海岸警卫队的飞行员从新奥尔良机场出发，总共救出了6471人。这个数字是过去五十年来他们救援的人员总数的两倍。

在睡梦中，罗德里克少尉还能看见等待救援的人们的面孔。"到你终于能上床睡觉的时候，你已经筋疲力尽了。"她说，"你知道还有好几千人被困在那里，你不能把他们全部救上来。你真的恨不得一次就把他们全都捞起来。"

每天早晨醒来的时候，我们都不确定接下来要发生什么。这天一大早，我们就在酒店大堂集合了。出发前几乎没有人说话，我们钻进SUV，小小的车队开始在城市里到处搜寻。洪水不断退去，露出之前淹没在水下的街道，灾后城市的地图每天都在变化。

一些居民依然拒绝撤离。我在街上遇到了一位老太太，她身体肥胖，早已筋疲力尽。她坐在租住的两居室外面一张锈迹斑斑的金属椅子上，手里挂着一根拐杖，拐杖的木柄上粗糙地刻着"真爱会①"的字样。她直直地盯着前方，好像在专注地看着地平线上的什么地方，双眼却似乎蒙着一层云雾。这位老太太名叫泰瑞·戴维斯，不过她说附近的人都叫她"康妮女士"。

"我是法律意义上的盲人，"老太太告诉我，"可是他们不让我带导盲犬一起走。"

街上到处都是行动着的洛杉矶警察，他们正努力劝说这条街上的人撤离。风暴过去三周了，市长宣布所有市民都应

---

① 原文为Love Ministries，应为创立于美国达拉斯的一个家庭教会及非营利性慈善机构。

该离开这座城市。有人称之为强制撤离，不过他们没有真的强迫人们离开。

"这只是暂时的。"一名警官对康妮女士说。

"不行，不行，亲爱的。"康妮女士缓缓地站起来，"我不是想为难你们，只是我必须带上我的狗，不然我就哪儿也不去。"

在通常情况下，我是不会干涉的——我只会站在一边观察事态的发展——但是，在这种情况下，我感觉不能袖手旁观了。我刚刚和几个国民警卫队的人聊过，他们说，现在政策发生了变化，已经允许人们乘坐救援直升机时携带宠物了。我把这个变动告诉了那名警官，他听后决定回去把这个情况向上级汇报。

康妮女士独自一人生活，她的丈夫在几年前去世了，陪伴她的只有她的狗阿布。康妮女士和她的丈夫以前都是旅行传教士。她把我请进家里。客厅一角的天花板上有个大洞，那是被卡特里娜飓风掀开的。

"这是我的天窗。"康妮女士咯咯地笑着说。她虽然是法律意义上的盲人，却还有一点点微弱的视力，可以自己到处走动。但是她无法打扫卫生，她的公寓里乱成一团，所有东西上都蒙着一层厚厚的灰尘。

"我不信任执法人员，"她说，"他们总是不能下定决心。"康妮女士不太确定如果现在就准备离开的话应该把什么东西打包带走，她也没有能用来装行李的东西，她做传教士时用的旅行箱已经坏掉了。她家的冰箱上有一行用墨水手写的字迹：耶稣是主。

"我不知道自己会去向何方，"她对我说，"可是上帝知道我的命运将归于何处。"

之前那名警官回来了，他告诉康妮女士可以带着阿布同行。

康妮女士相信这是上帝的指示，她离开的时候到了。"我相信，上帝一直在指引着我们，他会永远指引我们，只要你用心倾听……"

"上帝依然眷顾着新奥尔良吗？"我不禁问道。

"当然啦。"她微笑着答道，"新奥尔良会重新崛起吗？一定会的，一定会的。"

深夜，一名不当班的凯悦酒店值班经理带我们参观他的"香格里拉圣地"，他刚刚喝了不少酒，满嘴喷着酒气。这家凯悦酒店是市长和他的团队在风暴期间避难的地方，从这里走不了几步就是超级穹顶体育馆。清洁人员正忙着给大堂消毒，垃圾的臭气和霉味差不多完全消失了，这里看起来简直一尘不染。值班经理带我们上到顶层，打开市长待过的那间总统套房给我们看。大楼的整面玻璃外墙全都碎了，恐怕酒店短时间内无法恢复营业。

"你想看看市长给总统打电话的时候用的电话机吗？"值班经理问，手里端着一杯啤酒。

"不用了，这样就好。"我说，决定今天就到此为止了。

"我可以把你弄进超级穹顶体育馆里去，"他说，"我进去过三次了。守着那里的警察和军队都乱糟糟的，混进去非常容易。"

"多谢，"我答道，"可我已经进去过了。"

我们回到皇家索尼斯塔酒店，那里的酒已经卖光了。我给了制片人一点儿钱，请她从巴吞鲁日弄几瓶啤酒过来。我们每天晚上都会在酒店排空了水的泳池旁聚一聚，三五成群地喝喝酒放松一下。这里比那家酒吧安静一些，喝酒的也大多数都是CNN的工作人员。这种聚会非常重要，它代表着我们不是在这里孤军奋战。

酒店的电力时有时无。今天晚上就停电了，因为配电室里起了一场火。

"咱们又要回到危机状态喽。"一个勤杂工捡起手电，悠闲地走向大堂。他驼着背慢悠悠地走着，看起来一点儿也不像处在危机状态中。

我和吧台边的一个男子攀谈起来。他是当地的居民，这段时间以来，他一直在帮助CNN的工作人员在城里到处活动。他一开始没有认出我，当我告诉他自己的名字后，他似乎吃了一惊。

"我还以为你得是个怪老头儿呢。"他嘴里喷着梅洛红酒的气味，高脚杯的手柄上缠着狂欢节的塑料珠链，"人们提到你的名字都会哆嗦。"

"这我可不信。"我大笑着答道。

"这是真的，"他的态度颇为坚定，"你的力量比一千台推土机还大。"

我离开酒吧，回到自己的房间。方才听到的比喻在我的脑海里挥之不去：一千台推土机。我当然不认为这话是真的，我不愿意把我的工作看得那么重要。我从来没有特别关注过新闻行业——观众群是哪些、收视率多高、我的节目在什么时段播出之类的。这些信息会让人在工作时分神。卡特里娜飓风的情况却不太一样。在非洲的时候，我经常产生让人们了解此处的人的苦难的念头，却早已不再相信我传达的信息能真正地带来什么改变。可是现在，面对着观众，我感觉也许自己的确能够发挥一些作用。我在人们的眼中看到了期待。他们会在街上跟我搭话："嘿，安德森，有些人得管管圣伯纳德区正在发生的事啦。"他们会说："总得有人处理那些尸体呀，怎么现在还没人收殓他们？"我不想让这些人失望。我不想让这座城市失望。

我担心自己已经遗忘了哥哥的事情，忘记关于他的哪些事情是重要的，哪些又没那么重要。我会回想起表情、画面与争吵。当我还是个婴儿的时候，卡特打过我一次。我上高中以后，他还冲我吼过："你他妈又不是我爸爸！"吼完就一阵风似的从我的房间里冲出去了。我当时在日记本里潦草地写下了"我恨他！"几个字。

"你们的关系亲密吗？"我总是会遇到这个无法避免的问题。有时人们一知道我哥哥自杀的事就会这么问，有时是在他们认识我几个礼拜之后。我们的关系亲密吗？至少没亲密到我知道他要自杀的程度，没亲密到我理解他为什么要这么做的程度。

我熟悉他的笑声、他的气味和他从前门走进来时的种种响动：他的钥匙串抖动的声音，他的鞋子摩擦地板时独特的声响。可是我们不会交谈，我不会向他提出过于深入的问题。其他兄弟会不会做这种事情呢？我只了解自己观察到的一切，我熟悉他的表面，但这很明显远远不够。

时至今日，我还是会梦到卡特，他在梦里看起来是那么真实。这些梦并不能为我带来快乐，因为我知道他最终仍然会结束自己的生命，而我却无法阻止他。醒来的时候，总有那么一瞬间，我会以为他还活着，这让我的心中充满了绝望与恐惧。

我找到了一张我和妈妈给卡特庆祝生日的快照。那是父亲去世后卡特的第一个生日。生日蛋糕很小，上面插了十二支起码有一英尺半长的白蜡烛。卡特半弯着身子与妈妈拥抱，妈妈的脸上带着微笑，而我坐在她的身边。我不时能找到几张这样的照片——凝固在上面的瞬间早已被我遗忘。每当发现这样的照片，我都会想起卡特凄惨的结局，并又一次为之震撼。我一直留着那些照片，还有他的笔记和杂志——我到他的公寓整理遗物时找到的东西。我告诉自己，总有一天，我能把它们从头到尾地研究一遍。也许我能找到一些线索，让我理解他，让我能够回答那个问题：我们的关系亲密吗？

"这些死尸有一股子要命的骚臭味。"一名边防巡逻员对我说。在他身后，一个穿着警察制服的脱衣舞女正在钢管上做着倒立。"那股子臭味直钻到衣服里去了，怎么洗都洗不掉。真他妈臭死人了。"

我们正置身于新奥尔良灾后第一家重新营业的脱衣舞俱乐部里，这家店的名字叫"似曾相识"。此时风暴已经过去了三个星期。彩灯下，几个舞女在吧台上扭动着跳舞，用乳房蹭着客人的脸。整个俱乐部里站满了风雨退去后留下来的东西：警察和士兵、国民警卫队队员、边防巡逻员、海关人员——你能想到的应有尽有。他们拙劣地藏着徽章和配枪，手里攥着一沓一美元钞票，欲火中烧，寂寞难耐。

我和一名新奥尔良警察约好了在这里碰面，他却迟迟没有露面。我打他的手机，他接起来的时候似乎在和人打架。"去你妈的，给我从这里滚出去！"他不知道对着什么人大吼着，过了一段时间才想起电话另一端的我。"安德森？我一会儿给你打回去。"几分钟后，他在俱乐部里出现了，不断地道歉。

　　"有个国民警卫队的小子趁我上厕所的时候占了我的座，"他说，"我回来后跟他说：'这是我的座位。'而他居然让我'滚一边去'。滚一边去？他不过是国民警卫队的人，那他妈算什么玩意儿？我可是警——察！所以我就把他拽出去收拾了一顿。王八蛋。"

　　夜晚还在继续，警察们拖着下班后筋疲力尽的身体来来往往，买下一杯又一杯啤酒和威士忌。他们的女朋友或者老婆都不在了，所以他们没有家可以回。

　　"你总得找点儿事干。"那名警官告诉我。他的脸离我只有几英寸远。这时候已经很晚了，每个人都喝得醉醺醺的，脱衣舞女郎的吊袜带里塞满了湿漉漉的一美元钞票。"已经没人在乎了。"他说，脸上划过两行眼泪。

　　早些时候，警察们被要求为一名与劫掠者对峙时头部中弹的同僚募捐。那名受伤的警官现在躺在休斯敦的一家医院里，这笔捐款是给他的家人的。

　　"你可不能让他们忘了这些事。我们现在都指望你了。"

他说。一个脱衣舞女结束表演，另一个姑娘走上舞台。

"我爱你，哥们儿。"一个警察对我说。他当然不是认真的，不过在这一刻他可能的确是这个意思。他们被折腾得身心俱疲，又被人无情地抛到一边。我替他们付了下一轮酒钱。

我采访过的每个政客都会说一样的话："现在不是互相指责的时候。"有些舆论导向专家甚至发明了一个新词——"责备游戏"。"我不玩责备游戏。"一旦你向他们询问做出重要决策的官员的姓名，他们就拿这样的话来搪塞。我发现有些媒体同行也开始用这样的词了。这让我完全无法理解。

要求官员承担责任并不是什么游戏。试图弄清楚是谁做了错误的决策，是谁的失误酿成了恶劣的后果，这也并没有什么不对。如果没有人站出来为他们的言行负责，那么今日发生的一切只会不断地重演。可是，的确没有一个人愿意站出来承认自己做错了。没有一个政客、一个官员愿意站出来承认某个具体的错误。有些人发布了言辞含混的声明，号称自己愿意为任何可能出现的失误负责。可是这种言论完全不够。我们需要的是具体的信息：到底有什么事情做错了？那到底是什么样的错误？

我采访了每个愿意接受采访的官员，没有一个人愿意回答这些问题。他们唯一愿意承认的"错误"也不过是精心掩饰下的对他人的批评。市长早在周六就应该发布强制撤离令，而不是等到周日。州长原本也应该这样做，可他没有。宝贵的时间就这样被浪费了。他们原本可以把城市公交车和校车系统里的上百辆大巴转移到地势更高的位置，好用它们来帮助城中近一万名没有私家交通工具的市民撤离，可他们没有。错误的决策已经够多了，我只希望有人能承认它们。

市长宣布了一项回迁计划，但在三天后因为激烈的批评而退缩了，他转头开始埋怨"丽塔"飓风。丽塔即将演变成三级热带风暴，并且在逐渐接近美国。根据推算，它应该会在得克萨斯州的加尔维斯敦登陆。媒体已经整装待发，就像被亮晶晶的小玩意儿吸引的孩子。

在我们几周的请求后，市长终于同意接受我的采访。然而，在采访结束后，我感觉自己彻底搞砸了。我们谈了很多关于飓风丽塔的事情，因为这个话题已经成了眼下的头条新闻。我本希望自己能更专注于卡特里娜飓风中的错误决策，因为我担心政客们会刻意把人们的目光从他们的失误上转移开来，分散人们的注意力，直到他们将这一切逐渐遗忘。

采访接近尾声时，我问市长日后是否愿意再度接受采

233

访，讨论他和其他人犯下的过失。他说很期待能有这样的机会。可是，在接下来的四个月里，他拒绝了我每一个与他面谈的请求。

当我和制片人通电话的时候，他们说我做得很好，收视率每天都维持在很高的水平。可那并不是我想要听到的，我的报道毕竟不是什么"故事"，里面出现的也不是故事里的角色，而是活生生的人。讨论情节线索和收视率总感觉有些不对劲。

我有时会感觉自己做得很失败，感觉自己没有尽到应尽的职责。每天夜里入睡前，我都会把当天问过的问题在脑子里过一遍，回想着言辞是否得体，用词是否准确。我有没有结巴？说话有没有绕圈子？我的态度是不是客观公正？我有没有感情用事？我有没有给受访者足够的回答机会？我有没有放任受访者说太多废话？受访者的话有没有把我绕进去？我还会担心我们的摄像机没有抓拍到足够的场景，我更不确定是不是有可能把那一切都用镜头捕捉下来。

我前往得克萨斯州报道了飓风丽塔。当我从那里回到新奥尔良后，我留意到事情发生了一些变化。我发现，电视上有关卡特里娜飓风的报道逐渐变少了，观众的兴趣明显在减退。随着洪水不断退去，形势也在慢慢逆转。这毕竟是风暴过后的第四周了，我想，这种情况的出现也是一种必然，不过它仍然让我有些震惊。每天早晨，我们都会不断地问自己："还有什么我们没看到的事情？还有什么我们没报道过的新内容？"

"我们看到的还远远不够。"这是我唯一的答案。我思绪飞驰，甚至不时感觉有些狂躁。各种想法一个接着一个地蹦出来：检查一下我刚刚采访警察时的录音能不能用，把这个月的其他活动预约取消，给妈妈打个电话，确认一下我的狗怎么样了，追踪受伤的警察的名单——没完没了的清单在我的脑海中滚动。

我不想回纽约去，不想回归原本的工作与生活状态，去做那种关于落跑新娘或者阿鲁巴岛上失踪的学生之类的新闻报道。那些新闻当然很刺激，但一点儿也不重要。我打电话跟朋友们聊天，却感觉没有什么可说的。我只想对他们大喊："不要往前走啊！不要回归正常的生活，关注一下电视上那些'无关紧要的差错'吧！"这和哥哥刚去世时我的感受一模一样。我在葬礼几周后回到学校，发现其他人好像完全忘记了这件事。

玛莎·斯图尔特主持的一档新节目开播了，我在《今日美国》上看到了她的照片。这对我来说就像一种征兆，它象征着这件事正式翻过这一页，继续前行了。在新奥尔良的法国区，一台坏掉的报纸售货机里卡着几份飓风来袭前的《今日美国》，头版上依旧是玛莎·斯图尔特微笑的面孔。我们回到了风暴来临前的原点。我开始产生某种小小的迷信想法：如果我能在十秒内系好鞋带，那就有人可能关心这些报道；如果我可以不减速就通过下一个十字路口，那我就可以在这里再待一个星期。

我发现，我在言辞中剥夺了逝者的人性，用"尸体"或者"死尸"这样的名词来称呼他们。我应该为自己感到羞耻。他们是我们的邻居、我们的同胞。他们是人而不是物件，他们原本应该得到更好的照顾。我不明白收殓他们为什么需要那么长的时间。联邦应急管理局宣布，在他们开始收殓遇难者的遗体后，将不会允许媒体对过程进行拍摄。他们说，这是为了维护逝者的尊严，而我再也不会相信这种话了。如今我确信那些话只是为了掩盖已然发生的一切的恐怖面貌。如果他们真的在意逝者的尊严的话，那他们从一开始就不会让他们躺在外面那么久都得不到收殓，得不到处置，就不会允许为了防止遇难者的遗体漂走而把他的鞋带系在路标上这种事情发生。我们当然不会拍摄遇难者的面部，不会让幸存者在电视上看到亲人的遗体，但是全美国的人民都应该看到我们逝去的同胞被弃置在何等恶劣的处境里。如果真的要谈尊严的话，那么，掩盖事实与真相才是对逝者尊严的践踏。CNN决定提起诉讼，以此来获取跟拍遗体收殓过程的权利。结案后，我们获得了拍摄的资格。但是，遗体回收工作正式开始后，现场的工作人员总是刻意为我们的拍摄制造障碍。他们会用车子遮挡我们的镜头。

"要是让我说的话，不如搞个独立调查。"在法国区街上遇到的一个警察对我说。我之前从来没有见过这个警官，不过他很明显非常想跟我谈谈他看到的事情。这时候，时间已过了午夜。为了跟我说话他等了半个小时，我终于做完了节目。

"他们希望人们忘记这些事。"他环视四周，以确认没有人看到他在跟我讲话，"跟你说实话，五天前发生的事我都记不清楚了。距离事件发生的时间越久，真相就会变得越模糊。而我觉得这就是他们想要的。我想知道州长为什么会拒绝原本可以到来的援助。虽然我认为州长、市长和警察局的长官都是好人，可我仍然想知道他们为什么连一个完整的计划都没有。我爱我的警察队伍，我也爱我的城市——我不想说顶头上司的坏话——所以，不得不这么说让我很心碎，但有些该做的事情就是没有做。没有计划就是没有。"

我们约好了在我住的酒店会面，他不愿意透露姓名。

"我不想指责任何人，"他在暗室的一把椅子上坐了下来，

"我只是一个巡警而已。但是，因为没有做好准备，也缺乏对应的组织与计划，很多人为此白白丢了性命。"

"按照官方的说法，没人能预测到灾情会如此严重。"我对他说。

"可是飓风中心知道情况如何，联邦应急管理局也知道。每个人都知道如果新奥尔良遭遇大型飓风的袭击会有什么后果。飓风来了，我们知道它要来，我们得到了足够的警告。而市民得到的消息只有：'挺住，我们能靠自己撑过去的。挺住，我们能靠自己撑过去的。'"

他停下来，泪水沿着他的面颊滚落。"我曾经发誓要保护民众，为他们服务，可他们就那么死了，就那么在水上漂着。我当警察可不是为了这个，我当警察不是为了被人像垃圾一样抛在一边。这些死去的人都是美国公民。这里不是加纳，也不是布隆迪。这些人不是胡图人和图西人，或者其他差不多的，你明白我的意思吗？他们都是美国公民。老人们甚至被扔在养老院里等死。"

他没有装出一副对问题的关键了如指掌的样子，不过，他很确定这一切多多少少与种族问题有关。

"我真的不想说这个，因为我自己是白人。但是，你怎么可能认为种族问题在这些事情里没有起作用呢？"他说，"如果只能在这里等死的是布兰科州长的白人兄弟姐妹，你觉得她还能说出像'别担心，我们能应付过去''再给我二十四小时，让我们想想办法'这样的话吗？我想说的是，这里分明有大巴，我们分明可以做很多事去挽救那些人的生命。但还是死了好几百人，因为没有人知道应该做什么。如果这件事发生在康涅狄格州的某个城市①的话，这些人就根本不会死。

"我现在只希望能有独立委员会介入，调查这里发生的一切。不论会不会产生刑事指控，至少公众都知道下次该给谁投票了。计划的缺失害死了太多人。他们根本就没有做计划啊，根本就没有计划。"

一个月后，我恋恋不舍地离开新奥尔良，回密西西比州待了几天。约翰·格里森姆②夫妇开始为重建海湾区进行筹款。他们同意在比洛克西和我会面，让我报道他们所做的努力。格里森姆提议在一家名叫"玛丽·马奥尼"的餐厅见面。这是比洛克西的地标之一，格里森姆在他的很多本畅销书里都提到过这家餐厅。玛丽·马奥尼餐厅在风暴中浸水严重，工人们正忙着为重新开张做维修。我比格里森姆先到，当我走进餐厅时，老板鲍勃·马奥尼微笑着对我说"欢迎回来"。

"你说'欢迎回来'是什么意思？"我问他。

---

① 康涅狄格州的主要居民为中等收入白人。
② 美国知名畅销小说作家，以富含法庭法律内容的犯罪小说见长。

"1976年，你父亲和你来过这里。当时他在为一本书做巡回宣传。你刚刚去公园滑过水滑梯，进门的时候浑身上下还是湿的，穿着短裤，身上裹着一条大毛巾。"

他一提起这件事，我就立刻回想起了那次旅行，还有那个有水滑梯的公园。我冻得瑟瑟发抖，却不想从碧蓝清澈的池水里出来，磨蹭着就是不肯走。是父亲的一个朋友开车带我去的公园，后来又是她把我送到了这家餐厅。我还记得自己湿乎乎的短裤贴在车的胶皮座椅上的触感，记得我们开向餐厅停车场时转向灯的嘀嗒声。我穿过人群，走向父亲坐着的那张桌子。我还记得在离家那么远的地方待在他身边的感受，只有他和我，两个男人自力更生。

鲍勃带我穿过几个房间，把一张大圆桌指给我看。"这就是你们当时坐的那张桌子，"他笑容满面地说，"它没有被风暴毁掉。"

"这些事情你怎么还记得这么清楚？"我不由得问道。

"家母一向热爱时尚与写作，"他指了指他的母亲玛丽·马奥尼的一幅画像，她是这家餐厅的创始人，"所以怀亚特·库珀在1976年莅临本店就餐可是一件大事。"

我当时旁听了父亲对比洛克西的一群女士的谈话。他的新书刚刚出版。他对女士们谈起的都是关于家庭和回忆的内容，这在她们之间产生了强烈的共鸣。晚上，我们住在同一间酒店客房里。父亲在浴室里为第二天的活动撰写演讲稿，他会把浴室的门关上，这样我就不会因为灯光而无法入睡了。我至今都能回想起那种感觉，那种安全感。他去世后，再也没有什么能让我感到安全了。

韦夫兰的情况没有太大的变化。我跟拍过的那支来自弗吉尼亚州的搜救队刚刚撤离。更多道路被清理出来，但这也让惨烈的损失变得更加显而易见。许多工人在清理折倒的树木，试着修复高压线。

我向贝恩一家的房子走去。一个月前，人们在房子里发现了克里斯蒂娜和埃德加·贝恩夫妇，以及他们的两个孩子小埃德加与卡尔的遗体。我到达那里的时候，发现有两辆汽车停在门外。原来贝恩夫妇还有两个女儿——劳拉和赛琳娜。她们没有和父母住在一起，并得以从灾难中幸存。昨天是她们母亲的生日，所以她们才会回到这里来。如果克里斯蒂娜还活着，她昨天就满四十五岁了。

"风暴过去几天以后，我们回来过一次。"劳拉·贝恩站在父母家曾经的厨房里，"刚开过路口的时候，我很高兴，因为房子看起来好像没什么事，连一块瓷砖都没有少。可是，我一开进停车道，就看见了他们在门上写的字。门上画着一个带圆圈的'V'字，下面写着'内有四名死者'。当时我简直要疯了。"

门上的字迹已经看不清楚了。

劳拉只有二十五岁，看起来却显得比实际年龄要大不少。她的头发紧紧地扎成马尾辫，左眼下文着一滴眼泪。她已经生了三个孩子，肚子里还怀着一个。她的妹妹赛琳娜十八岁，处处都带着小女孩的青涩。不过她已经做了母亲，她的小女儿正在房子外面玩耍。赛琳娜的手里紧紧攥着一张五月份她高中毕业时和母亲拍的合影，那是在她男朋友的汽车里找到的。这是她唯一一张母亲的照片。

克里斯蒂娜·贝恩的骨灰如今被存放在赛琳娜暂住的公寓里。"一到晚上，我女儿就会过去亲亲那个骨灰罐，对它说'晚安啦'。"赛琳娜告诉我，"我真不知道该对她说什么。我从来没想过自己要面对这种事，我才十八岁，我从来没想到我的父母在我十八岁的时候就没有了。他们还那么年轻。"

为了纪念母亲的生日，赛琳娜和劳拉原本打算今天在父母家的草坪上烧烤，可是房子里的臭气太重了。

"我爸爸当时躺在水槽边上。"劳拉告诉我，她不知道我一个月前亲眼见过他的尸体。我试着跟她解释，但她没明白。"验尸官告诉我，冰箱被挪到了起居室正中间，差不多在吊扇底下。冰箱里面有一些痕迹，应该是脚印。他们可能打算爬到阁楼上，可是当时的水位已经没过了阁楼。所以，就算他们真的爬上去了，也没有可能活下来。"

有那么一瞬间，这让我想起我在哥哥死后翻过他的公寓，想找一些能解释他为什么自杀的线索。我想要重组事件，勾勒出一条时间线，最后却发现这是完全不可能的。

"我确实想象过当时的情况，一步一步地想过。"劳拉说，"我想，洪水来得一定很快，他们肯定全都吓坏了。我妈妈是唯一一个会游泳的，我想，她原本是可以自己逃生的，但她没有。她因为救不了爸爸和弟弟们，所以选择留下来和他们在一起。"

"她和爸爸结婚二十五年了，"赛琳娜轻声说道，"她是绝对不可能离开他们的。"

贝恩一家的遗体在房子里停了五天。在那期间，有人试图偷走克里斯蒂娜留在车道上的面包车。房子已经被拆得差不多了，墙板和绝缘板被拆了个干净，地板也全都被撬走，剩下的只有木质框架和外墙。

"今天，保险公司的人来过了。他说，除了赔付房顶上几块丢失的金属板外，他们帮不上什么忙。我爸妈没买水灾保险。"劳拉告诉我。

劳拉带着她的三个孩子一起住在酒店里，她在明天之前必须从那里搬走。赛琳娜和另外八个人一起借住在朋友的公寓里。她们向联邦应急管理局申请了临时居住的拖车，但还没有得到回复。

"我每天睡觉前都会祈祷，跟她说说话。"劳拉提起了她的妈妈，"我能感觉到，他们就在我的头顶上看着我。我想，他们希望我知道，他们在天上一切都很好。"

赛琳娜不知道自己下一步该干什么，她还很难接受母亲已经不在了这个事实。

"如果我需要什么东西，我只要打个电话说'妈，我要这个'，我妈妈就会带着东西到我家来。"赛琳娜哭着说，"可现在呢？如果我再需要什么东西，我该去找谁呢？"

我结束了在韦夫兰的工作，明天就要回家了。办公室的同事们坚持让我回去。"哪怕就待一会儿也好。"他们是这样说的。不过我知道，这意味着我在这里的任务结束了。当然，他们会让我时不时地回来一趟，做一些跟踪报道，但这些新闻再也不会登上报纸的头条了。很快就会涌现更多新的热点、更刺激的故事，那些没有亲历这一切的人准备向前看了。

我们做完了最后一次报道，站在残破的街道上。此时已经接近午夜，除了我们这十几个人之外——制片人、摄像师、工程师和卫星天线车司机——大街上空荡荡的。四周一片漆黑，一片寂静，只有坍塌的房屋和残破的街道。我们开始拆卸设备，卷起电线，关掉摄像灯。我的摄像师尼尔·霍尔斯沃思从车载冰箱里拿出几瓶啤酒分给大家。有人打开了 SUV 的收音机，传声头像乐队的歌曲在夜色中回荡。

"忧伤再次来临，等所有的钱都花光，一期一会，水在地下流淌。"[1]酒瓶被打开，大家拿着酒瓶互相碰杯，说着"干得不错"，交换了几次尴尬的握手与拥抱。我们彼此保证会互相发照片。有人开始谈起其他行程。把我们联系在一起的魔咒飞速消散。

我们爬进SUV，分别驶向不同的方向：巴吞鲁日、新奥尔良、比洛克西、莫比尔。尾灯远去，没有人会信守自己的承诺，记住彼此的名字或者想起来给对方发照片。所有记忆都会逐渐褪色，直到下一次风雨来袭，下一道边缘涌现。直到那时，我们才会再次集结起来——我们这一小队人马、一群四处漂泊的男孩，满心满眼都是我们见证过的苦难与战斗留下的伤痕。

我们是幸存者，我们幸运而快乐地活了下来，这与背景中被灾难摧毁的景象是那么不相称。我的肌肉绷得紧紧的，脑子里也绷紧了弦。我想要跳跃，想要哭泣，想要高声呼喊，但我唯一能做的是大声笑出来。那个瞬间的感觉就像回到了萨拉热窝，我刚刚逃离狙击手的枪口，正跟司机一起大呼小叫地奔驰在伊格曼山坑坑洼洼的山路上。

行驶在一片萧条的公路上，SUV的大灯不时照亮木头的碎片与倒塌的房屋。我不想离开这些失去了色彩的街道，这

---

[1] 这是美国乐队"传声头像"（Talking Heads）的歌曲 *Once in a life time*。

些污泥与残骸，这些挂在树上的汽车。我不想回到清洁、便利、交通井然有序的地方。我还想要路障，想要麻烦与口角，想要感受心痛，想要再看看人们的那种眼神——他们感激你来到了这里。风暴不会带来任何好事，没有银色的聚光灯，更没有好莱坞式的大团圆结局，只有降临的死神与无数逝去的生命。这没有任何好处。但是你总会遇到好人，他们对你打开家门，给你做饭，为筋疲力尽的你支起一张床铺。来到这里是我莫大的光荣，我有幸见证了如此之多的感情、善意以及英雄行为。

家里的一切都是那么琐碎而细小——早晨的例行会议与社会名流的谈话节目，刚刚打理得油光水滑的面孔，喋喋不休的徒费口舌。我实在很难想象要如何回归那种生活。我打开收音机，寻找新闻，规划着下一个要去的地方。巴格达的局势在不断升温。加利福尼亚州发生了森林火灾。也许风暴即将再次袭来，也许我很快就要再次投入行动。世界的版图永远处在变化中，即将裂开新的断层，也即将出现新的前线。我只想投身于风暴中。

不可能就这样维持现状，不可能就这样一成不变，不可能就这样停滞不前。我处于极度的狂喜之中，不能自已，极其兴奋而尚未迷醉其中。我不在别处，只是无比真实地存在于这一时、这一秒。我的工作结束了。

高速公路上，远处的地平线闪烁着几点暗红的火光。我把油门踩到底，想象着自己在这片黑暗里消散，爆炸成无数个分子，穿过大气层，永远漂浮在寂静的宇宙中——被无限的可能包裹着，永远不会减速，永远不会落地。

EPILOGUE

尾声

在墨西哥的瓦哈卡州，有一个名为"el Día de la Muerte"的庆典，这个名字的含义是"亡灵节"。节庆在每年的万圣节前夜举行。据说，这一天亡者的灵魂会返回尘世，和活人一起度过几个小时的时光。在10月31日当夜，瓦哈卡的公墓里聚满了人，他们在这里迎接逝去的亲友的亡灵。人们在墓碑周围点起蜡烛，为死者供奉食物和饮料，好让他们重新品尝久违的尘世的滋味。

我跑到瓦哈卡来，主要是因为没有别的地方可以去。我从韦夫兰回到纽约后，他们都让我休息一段时间，至少也得休几天假。

"到海边去放松放松吧。"有人对我说。这个建议对我来说可没什么吸引力，我实在想象不出自己躺在沙滩上悠闲地看着别人游泳或者晒太阳的样子。我感觉自己依旧背负着这些年所有的经历与见闻，我需要的是一个能够包容这一切的地方。

我在瓦哈卡待了一周，绝大多数时间都用来睡觉和撰写这本书的开头了。但是，万圣节前夜到来的时候，我去了城里最大的一座公墓。

瓦哈卡人相信，最先回来的是夭折的婴儿的灵魂，在他们的坟墓旁只有一片哀戚。在一个孩子的墓碑前，我看到了一位年老的妇人。她孤身一人，一遍又一遍地点亮被风吹灭的蜡烛。婴孩的坟墓旁的父母不会对人讲述孩子的事情，宝宝降生的喜悦让他们的夭亡越发令人难以承受。老人的墓旁却是另一副光景，人们饮酒谈笑，讲着逝者生前的种种趣事。

在一座被烛光包围的坟墓旁，我见到了十来个并肩站着的男子。他们弹着吉他，唱着走调的歌曲，有几个人攘着啤酒杯。其中一个很明显比其他人醉得厉害，他紧紧地搂着身边朋友的肩膀，一边唱歌一边哭泣。过了一会儿，我发现他躺在另一座坟墓上，大张着双臂，对着星空哭喊。

我想象着那些我报道过的逝者返回挚爱身旁的场景：苏内拉和吉南达莉、阿米努和哈布、克里斯蒂娜和埃德加·贝恩，以及小埃德加和卡尔。我想到了那些我甚至没能得知姓名的人，他们的尸体要么被随意遗弃，要么被掩埋进连墓碑都没有的坟墓中。如果他们也会返回尘世，又有谁能迎接他们呢？

我想象着自己的小家庭围坐在父亲和哥哥的墓旁，应该只有母亲和我两个人。我要怎么欢迎他们重返尘世呢？我应该对他们说点儿什么？我讲述了他们的故事，我一直把关于他们的记忆留在身边，这当然完全不够，可是，我只能为他们做这么多了。

时至今日，我依旧想知道哥哥踏出我房间的阳台时到底在想什么。不过我恐怕永远也不可能知道了。他是个想要掌控生活的年轻人，而到了最后，他不再是了。

长久以来，悲伤一直让我把自己与周围的世界隔离开来。然而到了这一年的年底，我终于感觉自己重新变得完整了——我终于寻回了自己的过去与现在、逝者与生者之间的连接。这个世界上有太多的边缘，而我们每个人悬于其上，只有一根纤细的丝线让我们免于坠落。一切的关键就是永不放弃。

午夜时分，瓦哈卡的公墓里挤满了人。土路被来回踩得泥泞不堪。穿着骷髅与鬼怪服装的孩子们在坟墓之间跑来跑去，到处吓唬路人，管他们要糖果。虽然置身见证着无数次失去的墓地，但四周还是充斥着欢声笑语。这才是生死应有的面貌——逝者与生者之间亲密无间，他们的故事将被永远铭记，他们的灵魂彼此紧紧相依。

后记

卡特里娜飓风发生几周后，我开始动笔写这本书。但实际上，在那之前，我已经在头脑中构思好几年了。我在一个重视文字与创造力的家庭中长大，写作一直是我生活的一部分。当我还是孩子的时候，每当夜间无法入睡，我就会悄悄地溜进父亲的书房。他一般会一个人静静地坐在书桌旁，面前的电子打字机在敲打下发出轻柔的蜂鸣声。当时的我个子还很小，能够蜷缩着坐上他的膝头，把脑袋枕在他的胸口。我会听着他的心跳和打字机按键的声音安然入睡。

　　这本书出版后获得的反响既令我惊讶又让我备受鼓舞。我收到了几百封来信与电子邮件，读者与我分享他们的经历，其中许多信件都非常感人。如果我一定要在这些经历中找到某种共同点的话，那共同点就是他们长久的悲痛蕴含的力量以及战胜一切的决心与意志。我从给我写信的读者身上学到了很多东西，也衷心感谢他们愿意对我敞开心扉。

　　当这本书的简装本出版的时候，距离我开始动笔已经过去了将近两年。我想，对于许多人来说，2005年发生的事情如今看起来只是遥远的回忆。然而，对于那些事件的亲历者

257

以及我们这些在现场报道过的记者而言并非如此。新年与旧年交替，2006和2007年之间，世界的版图依旧处于变迁中，爆发了更多战争，也由此诞生了更多新闻。对我来说，2006年并不是和去年一样的多事之秋，至少前六个月算不上是。做新闻报道就是这样，有时一连好几个月都会感觉没有什么事情发生，没有一则新闻有上头条的价值。然后，突然就有大事发生了，有新的边缘出现，你又得匆匆收拾行装，坐上飞机，踏上旅途。

7月，很多同行都开始为卡特里娜飓风一周年的报道做准备了。两名以色列士兵在黎巴嫩边境被俘，以色列对此的反应既迅速又激烈。于是，事情发生不到一天，我便动身前往该地区，并最终在中东停留了一个月。

在黎巴嫩与以色列边境报道的体验和我之前到过的任何地方都不一样。"这地方就像一口高压锅，"一个以色列摄像师对我说，"就没有泄气减压的时候。"他受够了这一切，在很多年前离开了以色列。他为了这场战争而故地重游，但是，他厌倦了争执与愤怒，厌倦了每天拍摄着同样的照片：被毁掉的家园、为死去的孩子哀悼的父母、奔赴前线的坦克。

不论以色列的大炮与轰炸机炸毁了多少目标，都不能阻止黎巴嫩真主党向以色列北部发射火箭弹。你在看到火箭弹之前会先听到它们的声音。当然，空袭警报也会响，但警报经常远远不够。我们一听到爆炸声，就立刻跳进车里，试着用最快的速度赶赴爆炸现场。

听到火箭弹从空中划过的声音时，你完全没有防备。一天早上，我们刚刚赶到海法市的一个袭击现场，就听到空袭警报再度响起。我们匆忙躲到附近的一座建筑旁，等待着爆炸的冲击。我那天没来得及穿上防爆背心，当我闭上眼睛的时候，我感觉自己好像又回到了萨拉热窝，在那里等着看下一个被击中的人是谁。

没人知道火箭弹会在何处落下，没人知道弹片会飞向哪些方向。此时你什么也无法掌控，只能听天由命，除了等待，什么都做不了。突然，空袭警报声停止了，几秒后，爆炸的冲击波袭来。这一次它离我们只有差不多半英里远。我们迅速奔向车子，警察已经无法阻止我们了。那枚火箭弹击中了居民区的一座小公寓楼。

当我们赶到现场的时候，救援者正忙着把一位老太太从瓦砾堆中抬出来。她似乎伤得不重，但明显受到了严重的惊吓。人们把她抬上一辆担架推车送走了。警察封锁了街道，消防员向冒着烟的瓦砾堆喷水，摄像记者忙着抓拍，似乎每个人都各司其职，有事可做。对这些威胁的处理很快变成了例行公事，可你得对抗这种惯性，你必须努力把每个事件都视为全新的体验，关注每个细节。至少为了那些受害者，你必须这么做。

几周后，你会开始遗忘自己都见过什么、去过哪里，只有那些照片还能作为你到过那些地方的证明。战争就是这样，每天都是全新的，过去的一切已然消亡，很快就会被遗忘。唯一的真实只有现在，只有当前这一刻。

最开始的时候，你听到、看见的是火箭弹与炮击。然而，随着时间的推移，这一切逐渐从你的视听中淡去，它变得如同你的脉搏，如同你在耳内听到的心跳声，难以察觉，但一直在那里。

战争中的许多场景是我们无法看到的。我前往黎巴嫩的贝鲁特，可以在那里看到冒着烟的废墟，却无法用镜头记录发生过的地面激战。你能看到坦克开过、士兵来往，却无法近距离地观察战斗，而那里是我们都想要前往的地方。

从一段距离之外观察的话，交战现场无疑具有某种美感：耀眼的火焰，一闪而过的光亮，短促的爆炸声在山谷里的回响。可惜一旦接近，这种美感便荡然无存。脚下的地面在震颤，你的脊柱在颤抖，热气与尘土烧灼着你的皮肤。

在海法市的一个火车站里，至少有六人在袭击中丧生。我凝视着火箭弹炸开的那个大洞，徒劳地想要从里面看到一点儿什么，了解一点儿什么。然而那里当然什么也没有，只有被撕碎的金属、弹片以及混凝土的碎块。

你只能从那些不忍目睹的场景中得到信息，那些你最不想看到的东西：地上的鲜血，已然发生的伤亡。在以色列，他们会把现场的残骸收集起来，血肉与骨头、大脑与心脏，每片残躯都会被保存起来。

我记得，二十世纪九十年代中期，当我在耶路撒冷的时候，有人发现公交车站附近有一个可疑的包裹。街道很快被封锁，拆弹小队迅速赶到，引爆了那个包裹。路人纷纷鼓掌，几分钟过后，街上的生活恢复了原样。

"不然还能怎么样呢？"一个男人对我说，"不然你还能做什么？"

从以色列回来后，我感觉自己在之后的几个月里在外面跑得越来越多了。我先是回到新奥尔良，去报道卡特里娜飓风一周年纪念活动。之后，我在刚果民主共和国——也就是原来的扎伊尔——待了几周。我第一次到那里去的时候只有十七岁，现在的情况比当时更加恶劣了。

卢旺达大屠杀后，上万名胡图族难民拥入刚果民主共和国东部。卢旺达政府一路追杀他们，不仅派遣正规军，而且沿途雇用民兵来进行代理人战争。其他非洲国家也出动了军力，有些致力于恢复秩序，有些则只为掠夺刚果民主共和国富饶的自然资源。

自1998年以来，战争已经夺去了超过四百万人的生命，这是第二次世界大战以来死亡人数最多的局部冲突。而美国似乎没有几个人在意这一切。战争于2003年结束，但还有许多组织拒绝放下武器。如今联合国向当地派遣了有史以来规

261

模最大的维和部队，希望在当地推行民主，建立能够担负责任的政权，然而这个任务异常艰难。

在刚果民主共和国，经常有那种让你感觉难以相信世界上竟然还有这种地方的时刻。地下富含金矿、钻石、锡矿和钽矿、铁矿，使用简单的工具就可能挖出宝石，有时甚至空手都可以。然而，这些财富一直被他人掠夺、浪费，这种情况已经延续了几代人。一位比利时国王曾经从部落领袖手中窃取了刚果，肆意掠夺当地的橡胶与象牙。上百万人因此丧命，而世人对此毫不知情。如今，腐败的领袖们中饱私囊，开矿产出的巨额财富去向不明。这里没有公立学校，没有公立医院，甚至没有一条平整的柏油路。

你在这里的一些见闻甚至难以言表。在刚果民主共和国东部的一家医院里，我们遇到了一个小女孩。她不对我们说一句话，也几乎从不看我们的眼睛。当我们的视线终于与她的相接时，她的眼神说明了一切。

"她从来不跟男人说话。"医院的一位顾问向我们解释，然后把其中的原因告诉了我们。

这个小女孩被强奸过——轮奸，是一群士兵干的。那是她三岁时的事情，这孩子现在只有五岁。

我真希望自己可以告诉你们，这不过是一起孤立事件；我真希望自己可以告诉你们，她是唯一一个遭遇过侵犯的孩子。然而这家医院里住满了强奸的受害者，而医生们见过更多被人侵害的幼童。在过去的几年里，几万乃至于几十万名妇女遭受了性侵。根据救援人员的说法，其中绝大多数情况是轮奸。

由于那些侵害过于残暴，这些遇害妇女往往因此罹患瘘管——一种由于内脏破裂而难以控制身体机能的疾病。一家名为"治愈非洲"的慈善机构运营着这家医院，主治医生表示，百分之七十至八十的瘘管病例都可以得到治愈。但是某些伤口注定永远无法愈合。

"治愈非洲"为罹患瘘管且无家可归的妇女提供了一个收容所。这里的人很注重名誉，遭遇强奸的妇女往往被自己的丈夫扫地出门。

我在那里遇到了一个名叫安吉拉的女性，时至今日，我还会时常想起她。她被三个男人在自己的孩子面前轮奸了，事后凶手不仅开枪打她，而且用火烧伤了她襁褓中的女儿。这孩子现在四岁了，胸前还留着一大片烧伤的疤痕。

安吉拉的瘘管已经被治好了，但她的一只胳膊因为受枪击而致残，心理上也没有从毁灭性的打击中恢复过来。更糟糕的是，丈夫把她从家里赶出来了。

"他听说了我被强奸的事，"她用耳语般的声音告诉我，"然后他只是说：'你走吧，我不要你了。你现在可能已经染上了艾滋病，如果咱们继续住在一起，你会传染给我的。'"

我没问安吉拉是否感染了艾滋病毒，我不想打听这种事。也许我应该问一句的，可是她没有主动告诉我，我也觉得自己已经问得太多了。

"我现在只需要一块地，这样我就能盖间房子了。"我离开前，安吉拉对我说，"我可能会死，可我希望孩子们有房子住。我在等待奇迹发生。"

刚果民主共和国没有奇迹。生活不是童话，有些故事注定不会有什么圆满的结局。在这里，犯下强奸罪行的男人很少接受审判或者惩罚。像安吉拉这样的女性只能继续承受痛苦。

"请不要忘了我们。"每当我到新奥尔良去，都有人这样对我说。这总是让我感觉有些难过。我想，很多人都已经遗忘过去，继续前进了，但我希望自己永远不会遗忘。在2006年，我多次回到墨西哥湾沿岸，那里的确有了不少进展，但是还远远不够。

新奥尔良的很多地区被清理一新，看看会展中心以及超级穹顶体育馆，这些地方已经完全没有发生过什么事的迹象了。埃塞尔·弗里曼的尸体被遗弃的地点没有任何标记，没有任何纪念，来到这座城市的游客路过时根本不会注意。那时，埃塞尔·弗里曼九十一岁，是儿子赫伯特用轮椅把她推来会展中心的，她疲惫不堪，严重脱水。这对母子相信，也许在会展中心能得到一些帮助，然而很明显，这里没人帮助他们。埃塞尔在轮椅上死去了，赫伯特用一条毯子盖住母亲的头，并按照指示把她推到建筑的一边。她就在那里待了好几天。一个死去的女人、一位母亲、一位经常去教堂的虔诚信徒，就这样头上蒙着一条毯子被遗弃在一边，除了她的儿子，没有人记得她。

开车穿过下九区或者圣伯纳德教区的话，卡特里娜飓风就不仅仅是回忆了。人们的财产依然暴露在大太阳底下，依然没有明确的重建计划，没有规划好要重建什么、何时开始、怎么重建。不过，这座城市和其中的人们的生活还在继续。

新奥尔良一直是个复杂的地方，一直是一座沙砾和黏土一般既粗糙又坚韧的城市，它难以定义，和任何地方都不一样。现在看来尤其是这样。2006年，我在新奥尔良参加了狂欢节大游行。我虽然一贯既不喜欢人群，也不喜欢大型活动，但感觉那场庆典格外激动人心。

一说到狂欢节大游行，很多人第一个想到的就是波旁街。成群结队的差不多上大学年纪的年轻人——和希望自己依然那么年轻的大人——都会去参加闹哄哄的嘉年华活动，从早上一直折腾到深夜，在一堆堆垃圾中尽情狂欢。当然，凑热闹的主要是游客，本地人多半只会偶尔过去看看他们在搞什么。

但是，波旁街远远不是狂欢节大游行的全部。从本质上来说，狂欢节终究是一个家庭团聚的节日。我是在恩底弥翁游行中一辆行进的彩车上体会到这一点的。我这辈子都忘不了那段经历。几万人站在花车行进的街道两侧，他们中的很多人在飓风后就再也没见过面。他们有老有少，肤色有黑有白，几万张面孔组成了一片微笑的海洋。看着这些人的脸，我发现自己很难不微笑以对。几个小时下来，我脸上的肌肉都笑疼了。

我在那辆花车上待了至少四个小时，但是，不久之后，欢呼和尖叫声就渐渐平息了，人群也纷纷散去。我看到的只有彼此独立的一张张面孔，他们陆续离开。

在狂欢节的花车上，你的主要任务是向人群抛撒珠链。你撒下成千上万串珠链，大家仍然欢叫着让你再多扔一些。这当然是一个面向大众的场合，但是，扔珠链这件事有时反而会显得异常个人化，这是我始料未及的。你会与他人视线相接，你把珠链扔给他们，他们会对你道谢，你站在花车上继续前进。

现在想起新奥尔良的时候，我既会想到卡特里娜飓风，又会想起那场花车游行，还有它所代表的希望。人们只想要自己亲手接住的那串珠子，那些随手抛出落在地上的珠链则无人问津——它们缺乏某种人际上的关联，人与人之间的纽带也随着跌落断开了。狂欢节大游行实际上是在建立一种联系：人与人之间的联系，过去与现在的联系。正如花车上抛撒的珠链一般，狂欢节是信念的象征，是将好运握入手中的尝试，是一个飞逝的瞬间。在这个瞬间，我们所有人都可以伸出双手，期待更好的事情到来。

　　本书绝大部分言论引用自我保留的采访录音，录音之外的内容则选取自我多年以来积累的采访笔记和日记，没有虚构的人物与事件。人的记忆难免存在偏差，而我对于部分事件的记录并不包含我想要的全部细节，因此某些日期可能有所出入。但是我已经尽了最大的努力来保证本书的内容真实且完整。

致 谢

多年以前，我就已经开始在脑海中构思本书，但是，如果没有我童年的伙伴兼文学经纪人卢克·詹克罗的鼓励，我可能永远不会把它付诸笔端。还有丹·佩尔斯，是他最先邀请我为《细节》杂志撰稿的。我要对这两位朋友致以真诚的谢意。

乔纳森·布恩哈姆和蒂姆·杜甘是两个出色的编辑，我十分感激他们的热情与建议。我还要感谢珍娜·多兰认真细致的校对工作。CNN的施莫里特·希特利特也为本书的出版付出了诸多心血，我十分感激她的努力。写作或许是一项独力即可完成的工作，但电视新闻报道不是这样。多年以来，我一直有幸与众多优秀的制作人一同工作，并从他们身上获益良多。在此，我要特别感谢大卫·纽曼、米歇尔·科斯、吉姆·葛雷提、凯西·克里斯滕森、乔恩·克莱因、大卫·多斯、查理·摩尔、克拉克·本特森、卡特琳·弗莱利以及安迪·库特。我也要感谢我的好友及经纪人卡罗尔·库珀，感谢她对我的关爱与帮助。在所有人都不相信我时，只有她对我报以信任。还有杰夫·扬，他对我的诸多帮助难以言表。

　　如果没有梅·麦克林登和诺拉·马利的帮助，我就永远无法成为今天这样的人，她们多年以来的无私奉献难以衡量，言语上的感激远远无法作为报偿。在此，我也希望对在我写作的过程中给予我帮助的朋友致以谢意。我要感谢朱利奥，如果没有他热心的支持与冷静的安慰，这本书可能永远无法完成。我还要感谢史蒂夫、安德莉亚和科克，他们审阅了本书的初稿，给了我许多宝贵的意见。这些年以来，有无数人欢迎我进入他们的家门与生活，与我分享他们的故事，我由衷地感谢他们对我的信任与宽容。

图书在版编目（CIP）数据

边缘信使／（美）安德森·库珀著；夏高娃译. — 北京：北京联合出版公司，2019.1

ISBN 978-7-5596-2824-4

Ⅰ.①边…　Ⅱ.①安…　②夏…　Ⅲ.①报告文学－美国－现代　Ⅳ.①I712.55

中国版本图书馆CIP数据核字（2018）第278702号

北京市版权局著作权合同登记号：01-2018-8130号

DISPATCHES FROM THE EDGE: A Memoir of War, Disasters, and Survival, Copyright © 2006 by Anderson Cooper.Published by arrangement with HarperCollins Publishers

边缘信使

作　　者：（美）安德森·库珀
译　　者：夏高娃
产品经理：魏　傩
责任编辑：郑晓斌　徐　樟
特约编辑：王周林

- -

北京联合出版公司出版
（北京市西城区德外大街83号楼9层　100088）
北京联合天畅文化传播公司发行
天津丰富彩艺印刷有限公司印刷　新华书店经销
字数 161千字　880mm×1230mm　1/32　印张 9.25
2019年1月第1版　2019年1月第1次印刷
ISBN 978-7-5596-2824-4
定价：88.00元

- -